A. J.

Jesús (1994) es un escri… enfoque se centra en la exploración de las dimensiones transdisciplinarias de las artes, particularmente en las intersecciones entre la literatura y la crítica contemporánea. Reside en Madrid junto a Belén, su esposa, y su perrita Ume.

Vivero

Instalaciones sobre el ritmo,
lo senil y lo vegetal

A. J. Ponce

EDICIÓN DE:

Daniel Sardà Benguría

CORRECCIONES DE:

Andrea Buil Dolz, Emilia Fernández Tasende y Zahra Ould Sheina Vacas

dosmanos

2024 | Barcelona

Nos gustan demasiado los libros para dejar que los hagan otros.

Publicado por:
editorial dosmanos

C/ Banys Vells, 5, Principal
08003 Barcelona

editorialdosmanos.com
@editorialdosmanos

Título original: *Vivero: instalaciones sobre el ritmo lo senil y lo vegetal,* 2022

© de la fotografía: María Belén Sánchez Recio
© pintura solapa: *La Mort de Socrate* (1787), Jacques-Louis David (Google Art Project)
© pintura final: Xavier González Arnau

ISBN: 978-84-123006-7-3
Depósito legal: B 7208-2024

Primera edición:
septiembre 2024

Para María.
Espero que este libro sea una ventana a la terrible belleza de la fragilidad

dosmanos

Martillos contra el tedio.

05/10/24

Bañar al padre

Levantar al padre es levantar la herencia triste de un parentesco torcido. Alzar el peso de lo que en algún momento se sintió estoico y seguro, pero que ahora se deshilacha en el cosmos doméstico. Aguantar con los músculos aquel cuerpo que afirmó mis primeras aproximaciones al suelo es caer en la cuenta de que el cariño y el cuidado no obedecen a escalas de normalidad.

Desvestir al padre es redescubrir un cuerpo que siempre fue, a la vez, propio y ajeno. Es un ritual para invocar los momentos pasados y volverlos contingentes. Redescubrir en ellos cosas que nunca estuvieron, sensaciones que jamás se experimentaron y que, sin embargo, hoy se revelan concretas. Es volver a inventar modelos familiares por medio de afectos punzantes. Encontrarse de golpe con el rastro del cincel del tiempo en la carne. Con la vulnerabilidad inhumana del cuerpo. Esta arqueología ficticia apela al acto de reconocer en cada capa de su ropa, en cada puño de manga y surco de su piel, un cariño por lo que en algún momento fue «papá» y ahora es ahogo de palabra.

Dejar la forma esquelética y laxa reposar en la silla que se dispuso en la tina, para que descanse de la fatiga que significa mantenerse en pie. Sentir el temblor del nervio, del esfuerzo por no desparramarse, por un golpe gélido del metal en sus isquiones.

—Tengo frío, mierda.

Encender la ducha y poner la mano. Buscar la temperatura que lo calme. Que lo deje abandonarse para limpiarlo. Su mandíbula sin dentadura busca el temblor.

—Estoy entumecido, hueón.

Lanzo el agua directa a su pecho. Silencio. Veo su vello aplastarse por la presión. Recuerdo las algas en los roqueríos, acatando el vaivén de las olas. Lo recuerdo a él sosteniéndome en la piscina, cuando aún no me enseñaba a nadar. Son los mismos pelos que obedecen al agua estos que veo aquí, y los que siguen la dirección del chorro de la ducha. Los mismos que flotaban en el arroyo donde nos bañábamos en verano. Ese al que bautizamos río y que estaba escondido entre los árboles, en la parcela de unos amigos. Donde nos sentábamos tardes enteras sobre los huiros para escapar del calor. Para huir de mamá. Esas plantas acuáticas, como él ahora, también obedecían en silencio al cauce.

Con un guante rasposo unto el jabón en ese pellejo, la piel muerta se desprende y escapa por el desagüe. Pienso, mientras restriego esas piernas, en las várices, en lo gastado y en las capas de su ser; imágenes en las que uno no se detiene si no es en lo más que cotidiano. Pasar por su genitalidad por tanto tiempo invisible. Verla aparecer, hacerse presente en su castración social. El viejo es asexuado, dictan las voces de los otros. El viejo enfermo no desea. Qué mentira. Qué náusea.

Limpiar con mimo la privacidad del espacio entre sus glúteos. Aguantar la respiración y recordar en todas las veces que él lo hizo por mí. Lo hago como él me lo enseñó. Hoy yo lo sostengo, a la vez que él me contiene sosteniéndolo. El espectro de mi padre histórico nos acompaña en el acto del cuidado. Todo lo que hago en este preciso instante de baño, de encuentro y de pena, toda acción de cariño ante el cuerpo del padre se formó a partir de sus enseñanzas, de él. De sus caricias, de sus cuidados. Tallar el cuerpo del padre con las manos del hijo es desafiar el orden santo. Subvertir las categorías de los poderes familiares, y con el solo gesto de fregar con ternura, hacer aparecer lo real. La mano que pasa por el cuerpo, que roza y limpia, que cuida a pesar del dolor, es a la única a la que puedo señalar como verdadera. El flujo restante de pensamientos sobre papá se tornaron ficción.

—¿Pensaste alguna vez que un hijo te bañaría?

—Jamás —me confiesa a cascar de dientes—. Nunca en la vida.

Disculpas en el crujir de las hojas

Fui muchas cosas. Entre ellas fui algo no deseado y algo que no deseaba. Una criatura de esas con las que sueñan los papás y las mamás del mundo. Un algo que no duele parir. Que no se necesita criar. Que respira en silencio. Que no emite ruido alguno al comer. Algo que se mira por el rabillo del ojo. Eso que nunca se ve de manera clara.

Fui desorden alimenticio. Fui genitalidad confusa. Y me mantuve, desde que abrí los ojos, en el ritmo de las palabras adultas.

Fui abuso. Fui extremo.

Me construí como imagen agradable a los ojos de otros. Y crecí entre todas las cosas viejas.

Fui una infancia torcida.

Sonreí al no habitar lo coetáneo de las cosas que amo.

Quise ser ajeno al deseo. Fallé.

No creí en el conflicto central.

Me desilusioné por completo de la idea de un dios con rostro de persona.

Pensé durante mucho tiempo estar en lo correcto al memorizar todos los nombres científicos de los animales y las plantas.

Descubrí que debía renunciar a algo para poder conectarme con lo que me desborda.

Quise escuchar las disculpas que me daba el mundo en el crujir de las hojas.

Sin embargo, el ruido.

Paternidad cifrada

El sistema es sencillo si se desmiembra en piezas:

1. Papá tiene demencia senil tipo Alzhéimer en etapa moderada.
2. Mamá decide cuidarlo a pesar de sus repetidas deslealtades en un lapso de cuarenta años.
3. A los otros hijos no les importa qué ocurre ni ocurrirá con él.
4. Un periodo de encierro donde el tiempo corre a un ritmo atomizante.

Papá tiene nombre, se llama Arturo.

Arrastrar

Intento de algún modo unir los fragmentos de una llamada telefónica que recibí en mitad de la fiesta de cumpleaños de mi mejor amiga. Escribo esto en las notas del celular, lo hago permitiéndome olvidar por algunos instantes que detrás de mí hay otra persona que quiere ocupar el baño. Que se vaya a la mierda. Considerar las necesidades de los demás no es mi trabajo. Y la empatía no me ha dado la tranquilidad necesaria como para seguir esforzándome en ello. Seré una mala persona por unos quince minutos. Una licencia que hace tiempo dejé de tomarme.

El murmullo de los invitados compone un zumbido que se cuela en la imagen que intento, con cuidado, enhebrar. La sonrisa morada de quien ejecuta mi papel tras el espejo no me parece legítima. No obstante, no diría que es falsa. La estábamos pasando bien ¿No? ¿Hace cuánto? ¿Tres minutos? Y la llamada duró treinta y siete segundos. En treinta y siete segundos tu imaginación dio forma a una secuencia impensada. Agradezco sentir tanto y tan poco.

Últimamente, me he citado con tal cantidad de conjuros, que temo haber perdido la noción de lo que no es ruido. Aguanto firme la mirada en la bata Gucci colgada a un lado del inodoro. Y, por primera vez, lo siento: el sonido de un esfuerzo magullado, la respiración hirviendo, una lenta desesperación.

No estoy en casa de mis padres. Lo sé porque recuerdo todo el trayecto que recorrí para llegar a esta reunión. Sin embargo, soy testigo de cómo el peso del cuerpo de papá ejerce una suave presión en el piso flotante que mamá acaba de instalar en el departamento que comparten. Están aquí, los puedo sentir.

Una distancia de veinte kilómetros se pliega para unir el baño del lugar donde celebra su cumpleaños mi mejor amiga, con el pasillo que une el living a la pieza en la casa de mamá y papá. La ironía es una escala de espacio y tiempo. Al igual que la crueldad. Lo sé porque hace un par de minutos, en el preciso instante en que sostenía una copa de vino y conversaba sobre el conflicto político en Irán, mamá arrastraba el cuerpo abandonado de papá para llevarlo a la cama.

No quiso acostarse. Simplemente no lo deseaba. Quizá no entendió la razón por la cual debía, en ese momento, dormir. Como mamá insistió y, en sus propias palabras, es «una maldita», en el instante justo en que ella hacía la fuerza para levantarlo del sillón, ejerció resistencia tirándose al suelo. Haciendo valer de algún modo su voluntad.

Se quedó así, inmóvil. Sin pronunciar palabra. No hubo siquiera un quejido por el golpe. Nada. Quien fue uno de los hombres más célebres de Arica en los años setenta, estaba, como un niño con un berrinche, tirado, inerte. La persona que ejerció como contador de uno de los más grandes narcotraficantes del país. La mano derecha de quien había hecho debutar la cocaína en Chile.

El roce de la ropa con el suelo. Ese acto de fuerza que desgasta toda fibra. ¿Hay acaso algo más concreto? Por un instante logro escuchar, entre el zumbido que componen los ruidos de los invitados, la voz de mi mamá regañándome por llegar del colegio con las rodillas peladas. «Te encargas de barrer todo el suelo con tus pantalones», me recrimina. Mientras tanto, con una fuerza desconocida, tirando de a poco, mamá arrastra el cuerpo de papá desde el comedor hasta su habitación. Me cuenta, durante la llamada de treinta y siete segundos, que estuvo alrededor de veinticinco minutos en esa labor. No quiso llamar a nadie, me confesó, porque algo en esa situación le causaba una vergüenza insostenible.

Cierro los ojos. Es una imagen patética que se replica en mi mente. Algo en mí quiere que desaparezca. Y sin embargo, desea también que se reproduzca eternamente en el reverso de mi párpado. Como un bucle de culpa perpetua. «Mátame», le pide papá, desde el suelo, a mamá. De pronto, puedo ver en las baldosas de este baño las huellas que deja mi padre en el piso.

Un par de años antes de su diagnóstico, papá me contó sobre la vez en que los militares hicieron una redada en el laboratorio de su jefe. No tuvo ni tiempo de reaccionar a la noticia cuando notó que unos hombres lo esperaban fuera de su casa. Le vendaron los ojos y lo subieron a una camioneta. El golpe de estado se había perpetrado solo un par de semanas antes, de modo que lo primero que pensó fue que moriría esa noche. Me confesó que de lo único que se acordaba con claridad era de cómo vio bajar de otra camioneta un saco muy pesado. Estaban en pleno desierto. A él lo tenían maniatado y de rodillas. El sonido de esa cosa arrastrándose por las piedras. La fuerza y la frialdad con la que lo trasladaban hacia lo más oscuro. Una secuencia de hechos que se había tatuado en su recuerdo.

Salgo del baño. La persona que se quedó esperándome ya no está. Me siento nuevamente en el mismo lugar en que recibí la llamada. Ahora conversan sobre la primera película de *El Padrino*. En específico, exponen como el capo de Los Corleone había muerto impune. En la mitad de un juego, en el jardín, con su nieto. «Yo le limpio el culo a Vito Corleone un par de veces por semana», digo sin siquiera pensarlo.

Entre el zumbido distingo un par de risas que se enredan en el sinuoso y constante sonido de un ser que se arrastra.

Una nueva teoría de conjuntos, o cuando von Neumann se perdió en un ínfimo jardín

V = {en medio de{en medio de{en medio de
{lo verde}una planta}lo oscuro}lo verde}

Memorias bucólicas

Transportarme a un instante de mi biografía envuelto en la oscuridad.

Con mi hermana jugábamos en el campo a cazar insectos. Corríamos detrás de los saltamontes. Los atrapábamos en un jarro de vidrio. Una vez capturados diez de ellos subíamos al cerro.

Llevábamos un par de tijeras y una caja llena de alfileres.

Agarrábamos a los saltamontes desde las patas y los forzábamos a cercenarlas. Primero, sosteníamos una firmemente, obligándolos a empujar con la otra nuestros dedos. Lo hacían con todas sus fuerzas. La amputación era una manera de sobrevivir. No obstante, al caer de nuestras manos, los volvíamos a capturar y les arrancábamos la otra pata con la tijera para hilo de mamá.

Cuando ya no tenían cómo saltar los atravesábamos, de un ojo al otro, con un alfiler. Los soltábamos, ciegos, a agonizar en la tierra. Pronto acechaban las hormigas, que huelen la muerte mucho antes que los cuervos.

La última vez que jugamos a eso, llevé un encendedor.

Inmolar a fuego se volvió más entretenido que esperar a las hormigas hambrientas.

Dejamos de sacarles las patas porque, como eran largas, podíamos afirmar sus cuerpos desde ellas. Así manteníamos una distancia prudente entre la llama y nuestros dedos.

La diversión se acabó cuando un saltamontes acercó la cabeza al fuego y gritó. Fue un ruido agudo, no con mucho volumen, pero que contenía en él una desesperación más que humana. Soltamos a los demás rehenes de esa jornada y nos fuimos de allí para no volver. No por miedo ni por respeto.

El grito tiñó todo de una realidad difícil de soportar.

Qué tan cómodo es el sueño
que despertar me aterra

Tengo miedo a marchar, a salir. Afuera no hay personas. Hay algo parecido al fango. Un extraño conocido, lo he visto antes. Una expansión y contracción de setecientos siete pares de ojos. Con un millar de bocas. No es terrestre. Parece salido del mar: una especie de molusco curvado que lo devora todo. No quiero quedarme atrapado dentro, me volvería parte de él; se me desintegraría la piel y se uniría cada límite con eso amorfo que se repliega en ruido blanco. Cuando anochece arde. Es como el petróleo. Una mancha en el manto irregular. Solo hay ruidos indescifrables. Y un frío que golpea la sangre de quienes lo observamos desde lejos.

Santiago de Chile,
25 de octubre de 2019.

De las monstruosas fotos microscópicas

Vértigo dan las cosas que no sentimos, pero sabemos que están allí. Como los ácaros de la piel. Como la colonia de bacterias que habita nuestros interiores. La pregunta por nuestra composición es de las más vigentes a día hoy, cuando las paredes nos limitan y nos acecha un peligro a escala infinitesimal en lo que creímos siempre exógeno a nosotros. ¿Somos acaso un vehículo de un montón de células, o un millar de células jugando a ser una cosa entera?

Ese pequeño límite imaginario impone las reglas. El inicio del árbol es al mismo tiempo el final del bosque. Las cuencas oculares son hogar de algo que no puede reducirse al simple hecho de aportar visión a un ser mayor. No existe nada parecido a algo que se contenga a sí mismo. Son un millón de parásitos los que sostienen las cosas en pie. Y, entre ellos, mantienen relaciones cómplices con eso que decidimos llamar exterior. Interior y exterior son un simbionte frágil que se despliega tanto en nuestras células como en el paisaje del que nos empeñamos en creer ajeno.

Basta contemplar la piel y las nervaduras.

Papá tiene demencia senil tipo Alzhéimer en etapa moderada

Producto de su diagnóstico me doy a la tarea de diseñar espacios abstractos donde podemos revivir juntos sus épocas de actor. Propongo en ellos un juego de acciones que registro a circuito cerrado. Arturo es un cuerpo intenso que despierta el deseo en los aparatos de filmación. Los huesos, al borde de quebrar la piel y salir eyectados, son soporte de sus ojos lacerantes. Aquello que produce en el observador es una herida de singular ternura. Él es, ante la retina de las cámaras, una marioneta de impulsos nerviosos. Son prueba de ello sus movimientos a ritmo de cortocircuito neuronal.

Pero él disfruta ese simulacro.

Doy fe de ello.

A través de su imagen, tanto proyectada como reproducida en pantalla, lo descubro en su no ser Arturo. Su existencia, un pulso mutante que se condice con la entropía y el desorden natural, me hechiza. Despierta en la gente la necesidad de mirarlo con total atención.

Que hablen de nosotros me induce la gula. Me obliga a exhibir el producto de nuestros juegos en todos los lugares que puedo. Nuestra relación desde el despertar de su enfermedad es rica en símbolos infantiles. Somos dos niños queriendo la atención de cada adulto que se nos cruza. Y el video resultó una buena herramienta para calmar nuestra hambre de voces y ojos. Tenemos un apetito voraz. O por lo menos el mío lo es.

Arturo se cansó y ya no quiere jugar más. Me lo dice, y, después, la cuarentena total nos separa. «Deja a tu papá tranquilo, que está cansado. No quiere hablar» reza mi mamá cada vez que lo llamo para jugar por teléfono. Me quedé sin nada que hacer en la vastedad de mi departamento. Exceso de luz y de tiempo. Detesto el sol. El ansia me empuja a insistir marcando su número hasta el hastío.

[Mamá bloqueó las llamadas entrantes de mi celular].

A más de un tipo de planta la han llamado «mala madre»

Hoy, la distancia con la casa de mamá y papá mide desde mi pecho hasta la palma de mi mano. Ida y vuelta setecientas siete veces. Según la huincha que encontré en un costurero viejo y Google Maps.

La mamá Ester ya no es olor a cloro ni piel morena. Tampoco es mordida chueca ni pelo duro. Ahora es sonido. Es vibración en bocina pequeña de ensamble clínico, instalada meticulosa en mi celular. Esa voz ya no duele. Esa mirada ya no hiere. Y esa risa dejó de ser analgésica. Mamá es un diálogo en el ir y venir de lo cotidiano forzado. Es un «cómo estás» sin verdadera curiosidad. Ese cuerpo es simulacro de ternura que viene a mí en esos momentos en que tomo leche con chocolate en vez de café. Ella ya no está. Pero esa voz de pulso eléctrico es un reemplazo querible.

Cuando uno grita demasiado fuerte al auricular, hay un punto en que el teléfono enmudece.

Desintegración de un cuerpo en el agua

Tuvimos un acuario. Uno pequeño, pero en el que cabían muchísimos litros de agua. O por lo menos así es como lo recuerdo.

Teníamos peces en ese acuario. Duraron solo un par de semanas vivos. En aquel entonces mis padres acababan de encontrar trabajo, por lo que no se dieron cuenta de que aquellos cadáveres flotaban inertes hasta bastantes días después. Con mi hermana no quisimos decirles nada. Pasábamos tardes enteras mirando los cuerpos de los peces disolverse. Era algo que nunca habíamos visto. El agua se tornaba opaca, crecía musgo y se formaban burbujas gruesas que reventaban poco a poco. La velocidad de descomposición en el líquido se asemejaba al ritmo con el que las serpientes, que vimos mientras comprábamos los peces, engullían las crías de ratón. Desde entonces, para mí, el agua también devora.

Cuando papá se dio cuenta del estado de la pecera y de los cadáveres a medio consumir, lo echó todo por el desagüe. Compró peces nuevos y se dio a la tarea de mantener el agua cristalina.

El agua clara y el agua turbia son criaturas diferentes.

Un relato que encontré en una revista y me recordó a papá

Cartografía, por Belén Espinar.

En el sillón individual de madera, enmarcado por el ventanal del departamento, sostenía un zapato con la suela hacia su cara. Son las tres de la tarde y el día aún no decide su color. Ella limpia a su alrededor. Se la ve borrosa por el exceso de movimiento. Él, en cambio, permanece quieto.

Con ojos idos pero curiosos mira aquel objeto ya en desuso. Pequeñas piedrecitas se aferran aún a la goma y el polvo insiste en ser parte del decorado. Fragmentos de ciudad. Firmes estructuras que forman un paisaje diminuto de lo que es un afuera. Descubre en la superficie el patrón de las calles. No las reconoce, pero decide nombrarlas: Lazo, Agustinas, Libertad, Esperanza. En cada surco del zapato ubica los lugares que frecuentaba. Dispone incluso sitios que no conoce, por si se los llega a encontrar. Recorre con la mirada cada uno de esos espacios. Lo hace al ritmo de su andar. Con la boca remeda pisadas.

El olor a cloro inunda la habitación. Exceso de limpieza. Refunfuña. Su nariz, dentro del chaleco, inhala profundo para reseguir otra vez el aroma del recuerdo. Sonrisa infantil. Olor a papas fritas de Matías Pollo. Hedor a cigarro del Teletrak. Logra volver a la Tesorería de la República, lugar principal del mapa construido en su cabeza deshilachada. Sí, la Tesorería se encuentra cerca de esos dos lugares, pero los separan kilómetros de distancia. El microclima del calzado, esa nueva realidad mental, comienza a coincidir con el sonido de la ducha al fondo del departamento. Ahora, el cuerpo de este hombre habita un paisaje lluvioso.

No había traído paraguas y el agua empezaba a entrarle a las carpetas que llevaba en la mano. Cuando lo nota las esconde apresurado bajo el chaquetón para proteger los papeles. Camina a paso rápido buscando un refugio. Paisajes sin calce. El puerto. La estación Mapocho. El morro. Los pasos no notan discordancia, se alegran de encontrar esos espacios. Olvida la lluvia y las carpetas. Sube el morro. Desde la cima nota que está solo. Mira en todas direcciones. Nadie habita la diminuta ciudad. Las nubes empiezan a borrar los colores. Aprieta fuerte los ojos, en busca de claridad. Vacío. Su vista solo ve blanco. Por el ventanal del departamento ya no entra luz, viene de adentro. Ella ha prendido las ampolletas y ahora se encuentra en la cocina. Él, tiembla en el sillón. Los ojos ya no miran el zapato. Sus párpados están cerrados.

Una brisa helada le despierta el pellejo. Los sándwiches de huevo, el olfato. Ella, sentada en la terraza, su vista. El llamado de la once, el oído. Se levanta del sillón. Deja el zapato sobre el cojín y va a sentarse junto a quien no recuerda si es su amiga, su esposa o su prima. «Mañana podríamos ir al morro» le dice él. Ella sonríe y mira la taza de té, recordando cuando, de jóvenes, se bañaban juntos en el lago Chungará. Cincuenta años han pasado desde la última vez que fueron a Arica. El resto de la once comen en silencio.

Diario de coexistencia con seres vegetales (1)

Compré una planta por internet. La obtuve de esos viveros *boutique* que tienen perfiles de palabras verde brillante sobre fondo blanco, por curiosidad. No son muchas las personas de mi edad que compran plantas por esta razón. Lo hacen más que nada para adornar con verde brillante los muros blancos de sus departamentos remodelados. Elegí una «cuna de Moisés», entre las diecisiete variedades exhibidas en el sitio de diseño terso. *Spathiphyllum* es el nombre botánico. La dueña del vivero le puso Spike. ¿Lo hizo para que sonara más amigable? Responde quizá a la manía de nombrarlo todo.

Ceres la bauticé.

Como el planeta enano.

Me llegó dentro de una caja de cartón. La dejó el conserje del departamento que arriendo, cuyo nombre desconozco.

En realidad, no estoy del todo seguro de cómo llegó a la puerta del departamento. Pero lo más obvio es que quien la dejó allí, al borde de la asfixia en la caja de cartón, fuese el conserje cuyo nombre sigo sin conocer.

Maldita manía de nombrarlo todo.

—Sola no pudo haber llegado —me dice mamá por teléfono mientras fuerza una risa. Escucho el arrastrar de los pasos de papá—. Ahora preguntas por él, no vengas a mentir. Hace más de seis meses que no apareces por aquí. Tu padre está bien.

Papá está bien.

—Con la plata que nos mandas no nos hace falta nada.

Papá está bien. No le falta nada.

—Pero cuando vuelvas no lo vas a reconocer.

Papá está bien. No le falta nada. Cuando vuelva no lo voy a reconocer.

—Se queda quieto mirando por la ventana.

Papá está bien. No le falta nada. Cuando vuelva no lo voy a reconocer. Le gusta mirar por la ventana.

—El otro día me amenazó con que se iba a tirar por el balcón.

Papá no está tan bien. Algo le falta. Cuando vuelva me lo va a decir, me lo dice todo. No quiere mirar más por la ventana. Lo que quiere es salir. Sus pies quieren caminar.

—No se te vaya a morir la planta.

Mamá cuelga el teléfono de golpe. Sin despedida ni nada.

No alcancé a hablar con él.

Tengo que buscar cómo cuidar una planta de interior.

Algo en el agua castra el deseo: lo siento cada vez que mamá me ahoga en la tina

Soy asexual, punto.
  Soy asexual. Punto.

Lista de animales que también son asexuales:

- Cangrejos jaspeados,
- lagartos de cola látigo,
- tiburones en cautiverio,
- hidras,
- avispas,
- estrellas de mar,
- culebrillas de mar,
- anémonas de mar,
- erizos de mar,
- pepinos de mar,
- lirios de mar,
- esponjas de mar,
- amebas,
- las lochas, dólares de arena o galletas de mar,
- planarias,
- paramecios,

- pulgas de mar,
- escorpiones,
- salamandras.

Cuando hablamos de asexualidad en los animales es anecdótico. Interesante en ciertos puntos.

Cuando lo digo yo, es raro.

A quienes se lo he comentado una grieta les cruza la cara producto de una elevación violenta y angulada de las comisuras de los labios. Y yo, para disminuir lo incómodo, inundo sus oídos con explicaciones.

Me gustaría ser anecdótico.

O a lo más, solo curioso.

—Me pareces fascinante —me dijo una mujer mayor alguna vez.

—Me fascina que te fascine —le respondí, mientras de a poco me iba sumergiendo en la pecera de laboratorio que formaban la finitud de sus ojos.

Omitidos

El viento entre las hojas de una palmera silba como la lluvia.

Pero ¿qué fue anterior en nuestras cabezas?

No lo sé. Y algo me dice que es importante.

Quizá sea relevante en nuestra historia con la naturaleza ¿Te lo imaginas?

Sería lindo darnos cuenta de que le hemos puesto un nombre equivocado a todo.

Y de que el sonido de las cosas es un ser distinto y separado de los objetos que lo producen.

Así el sonido de la lluvia sería el mismo ser que el silbido de las hojas.

1

¿Cuántas disculpas tendríamos que darle a la gran cantidad de seres omitidos?

2

¿Qué tan grande se volverían los bestiarios?

3

Sería una contradicción amorosa darnos cuenta de que el infinito ruido de la tierra lo hemos confundido con el silencio.

Translucidez, brillo e irisaciones

Un ojo de papá teñido en sangre. El azul opalescente de su iris, el denso rojo vaciado.

—Un alza de presión —nos dijo el geriatra—. Necesita guardar reposo.

Un derrame de empatía, esa fue mi tesis. Le dio justo al momento de ver la fotografía del protestante herido por los proyectiles en los ojos.

La irritación es llanto densamente acumulado.

Del enrojecimiento al amarillamiento, para terminar en lo blanco otra vez.

Limpio, azul y blanco otra vez.

La fantasía de la *tabula rasa*. Cada vez que peleaba con mi madre o con mi hermana, papá intentaba arreglar las cosas encerrándose junto a nosotros en el dormitorio. Bloqueaba la puerta desde adentro, y nos obligaba a perdonarnos junto con la promesa de que desde ese momento en adelante olvidaríamos todo lo que había pasado y seríamos «una nueva familia». Si me detengo a pensarlo, puedo estimar que fuimos mínimo unas quinientas familias distintas en un periodo de diez años. Cada una compartía con las demás los mismos nombres de los integrantes, en el mismo orden. La misma edad, jerarquía, el mismo departamento y el mismo esquema de actividades. La misma sensación de injusticia. El mismo rencor de parte de madre por no decirle «mamá» frente a mis compañeras del liceo. Éramos cada vez una «nueva familia» exactamente igual a la que entraba en el claustro de la transfiguración. En el portal del reinicio que aparecía en nuestro hogar cuando papá cerraba el cerrojo de su habitación y se sentaba en su cama, al medio de nosotros.

¿Por qué no se nos ocurrió ponernos al menos un apodo nuevo al salir de allí? Así habríamos tenido al menos alguna referencia de en qué línea temporal habíamos hecho tal o cual cosa. «¿Recuerdas cuando me metiste a la ducha y me mojaste con agua fría para que dejara de llorar? Fue cuando tú respondías a Kitty y yo a Iván». «¡Prometiste sacar al perro todos los días! Diste tu palabra cuando te hacías llamar Gregorio». Nos hubiese servido también para darnos cuenta, luego de que se nos acabaran los nombres propios, los colores y los números, de que aquello no funcionaba.

¿Qué ocurría con la familia que entraba en esa habitación? ¿Acaso moría de forma automática? ¿De qué? ¿Sufrían cuando eso ocurría? Me pregunto qué hubiese pasado si, en alguno de esos espontáneos episodios de rebobinar, uno de esos nuevos «yoes» que conformaba el «nosotros» en blanco, no hubiera querido formar parte de ese proyecto impuesto que se llamaba «familia». Caos, desorden y colapso. Si no, no comprendo la necesidad de intentar algo que en tantas oportunidades anteriores ya fracasó.

Éramos un lanzamiento infinito de un par de dados buscando el número trece. Tántalo en busca de saciedad. Patéticos. Y aun así, persistentes.

Mala madre

—Mamá, las huellas del aceite dactilar impresas en el cristal de la ventana ya no me recuerdan a ti.

—Eso es porque tú nunca nos has querido. Ni a tu padre ni a mí.

Y así se abre la llave del ir y venir de autocompasiones. De esa lucha pirotécnica por quién sufre más. Por quién está más roto que el otro.

Cuando por primera vez me presentaron a alguien con dismelia era muy pequeño

Pensé que su muñón era una extremidad en crecimiento.

Era lógico.

Había visto esa forma en las yemas del gomero que teníamos en nuestro patio interior.

Llevar una planta a pasear

Mi columna colapsó, vértebra a vértebra, debido al peso del árbol ancestral.

Lo llevé a cuestas en un andar azaroso por el territorio de los grandes jardines.

La maceta de barro, que lo sostiene y sostuvieron mis brazos, lleva el negativo impreso de todas las hojas que le han pertenecido, pero que ahora obedecen al orden de las cosas podridas.

El orden de las cosas secas.

Y el desorden de un cuerpo sometido al peso vivo de un ser sin más tiempo que el que se curva ante sus límites imaginarios, se reconfigura con renuencia humana.

Otro relato que encontré en una revista y que me recordó a mí

El Doble, por María Noguera

Con cada paso que da, la punta de su pie izquierdo se mueve unos centímetros más hacia adentro. Cojea. No, solo es el efecto que da su pie. Sobre su cuerpo largo dos grandes bolsas de basura, ya transparentes por la presión que ejercen las hojas de palmera en su interior. Colgando de su dedo índice, una bolsa diminuta. Por un agujero de ella un líquido oscuro gotea, haciendo el contrapunto a su balanceo. Coca-Cola. Coca-Cola Zero.

Han pasado cinco minutos desde que salió por la puerta. Sigue con las bolsas en las manos, pero ya no se mueve. Solo se oye el crujir de las hojas que lleva. De repente su risa. El movimiento de su pecho hace que suelte las bolsas. En el plástico, estrías blancas rompen el patrón de palmera. Nuevamente las hojas. No, no son solo ellas las que suenan, suena también el estómago de ese hombre.

Con la mirada en un punto fijo, mueve la mano al bolsillo de su *short*. Este deja ver largos y rizados pelos, que esconden sus delgadas piernas. En su mano un chicle. Se lo mete en la boca. El chicle desaparece tras una frondosa mata de pelo que da volumen a su cara. Sus facciones se pierden bajo su barba, su cabellera y esas cejas de por lo menos tres centímetros que hacen sombra a sus ojos. Mastica.

Al intentar recoger los restos de la poda cae al piso. Hace un ademán de pararse, pero no lo logra. Se comienza a escuchar un goteo. Un crujir de hojas. Una risa masculina. La caída de un cuerpo. El hombre logra pararse y habiendo recogido las bolsas sigue su camino. Con cada paso que da el sonido de sus pies se duplica.

Ritmo coral

Somos lo que fue verde, lo que fue café, lo que se pintó de colores y lo que nada.

Crecemos sésiles mientras nos pisan fuerte, nos aplastan con los cuerpos. Los blandos y los metálicos.

Sentimos el caer de esos pesos, los gritos y las risas.

No lloramos con sus gases ni sentimos el terror de quienes son perseguidos.

Nos desarrollamos entre los restos de minerales, de residuos y de líquidos.

El agua tóxica que se lanzan es nuestro alimento.

Mueren algunas, pero otras seguimos firmes.

Somos heterotemporales, el tiempo del enfrentamiento sordo es también el tiempo de nuestras células.

Estamos permanentemente vivas. Y expelemos químicos cuando nos aplastan, nos cortan o nos desvanecen.

No somos individuas como ustedes. Somos muchas. Y muchas empatizamos entre todas. Conversamos armónicamente con su basura. Estaremos aquí también después de que desaparezcan.

Somos un coro de ruido que juega en el ritmo caótico de la protesta, que se comunica bulliciosa en el silencio.

Diario de coexistencia con seres vegetales (II)

La planta es la única que conoce el interior del departamento, aparte de mí, el conserje y la voz en el teléfono que llama de vez en cuando diciendo ser mi arrendador. Nadie me ha venido a ver desde que me fui de la casa de mamá y papá. Tampoco es que haya invitado a alguien.

El sol. Sí. El sol es un inquilino indiscreto y molesto. Con esos rayos curvados que ocupan cada rincón. Había decidido arrendar en una orientación en que este extraño y molesto vecino no se entrometiese, pero la planta lo necesita. Lo busca. Se corresponden.

El departamento tiene dos ventanas. Una da al muro del patio interior del edificio, la otra a la calle. Esa por donde marchó el ser parecido al fango. Ahora arteria yerma que representa el exterior inhabitable. Por eso la puse en mi escritorio. En ese mueble improvisado que instalé justo debajo de la ventana que da al exterior.

El sol es esquivo cuando se le quiere. Se escurre entre los árboles que son más altos que el cuarto piso de este edificio antiguo. Un rayo de luz finito se abre paso por entre las hojas de esos vecinos acaparadores de lo brillante.

Moví la planta para que le llegara alguna sobra. La mantuve allí por un rato.

No sé en qué momento el haz de luz se movió. Estaba ahora sobre los peluches del sillón que ocuparían los hipotéticos invitados. Los moví. A los peluches, claro. Los puse encima de mis libros de historia. Al terminar, el sol se había alejado, dejando el lugar donde estaban los peluches en penumbras. Brillaba burlón en el par de platos sucios que había dejado hacía una hora en el fregadero. Recogí rápidamente los platos para que el sol no se escapara. Se parece a mí. Puse la planta en el fregadero. La superficie blanca hacía que las hojas verdes de Ceres brillaran. Me la quedé mirando un rato.

Quizás necesita que la riegue.

Aprovecharé la llave de agua.

No me percaté de que nuevamente el sol se había movido hasta que acabé de regarla. Quizá se me da más el agua que el sol. Quizá lo esquivé tanto que ahora no quiere verme. Hoy, la luz solar solo tocaba la parte más alta de la baranda de aquella terraza en la que apenas cabía una planta. Casi no cabía el sol. Tomé un turrón de revistas y las colecciones de libros comprados por internet e improvisé un altar que dejara a Ceres a la altura del haz de luz. Si tuviese ojos sería panóptica. Su nueva ubicación la hacía testigo de todo lo que ocurría en el exterior inhabitable. Estuvo allí unos quince minutos hasta que la luz se fue.

Anocheció y yo había pasado toda la tarde en la tarea de entregarle luz a una planta.

No ordené nada y me fui a dormir.

Justo en ese momento en que el celular pelea con las ganas de descansar, busqué literatura de cómo cuidar una planta de la especie a la que pertenecía mi compañera.

Nunca dejarla al sol directo. La seca. La mata.

Pensé, ingenuo, que las plantas amaban la luz del sol.

«Que no se te vaya a morir la planta», recordé.

Definitivamente se me da mejor el agua.

Arqueología genética

Adenina[1] Adenina[2] Adenina[3] Guanina[4]
Guanina[5] Adenina[6]

---

1 Yo soy una tara.

2 Antes de perder la motricidad de su lengua, papá invocó a su madre, la hija primera del cacique de Tarata, valle escondido entre Los Andes. Y con eso me hizo sentir como un objeto abyecto.

3 Los cuerpos que me preceden son transmutaciones de tierra andina. Al linaje de los seres ancestrales le doy asco.

4 Las taras somos manchas subcutáneas en el tejido familiar. Omitirnos es imposible. Coexistir con nosotras, insoportable.

5 Mi lengua nunca ha pronunciado las palabras legadas. Mi piel no se ha estrellado aún contra la piedra natal.

6 Los Andes lamentan mi ser aymara despojado de tierra de altura. El flujo molecular que me forma no necesita relato. Muy por el contrario, yo sí.

Adenina[7] Adenina[8] Timina[9]
Citocina[10] Citocina[11]

---

7 La lana de alpaca de mis órganos fue reemplazada por el silicio y la angustia. Florecen entre mis pliegues las ampollas de lo monstruoso y lo amerindio. El pelaje, reliquia heredada, me fue arrebatado por estructuras contrarias a lo espiritual.

8 Soy un ser entre colapsos. La carne que me sostiene me fuerza a digerir identidades ajenas. He sido arrojado al paisaje extranjero sin la posibilidad de ser idéntico a mí mismo, ni a ningún otro.

9 Nuestros genes en la coreografía del caos, buscan semejanza con todas las criaturas contenidas en nuestros ojos.

10 Los vestigios de nuestro idioma perdieron toda capacidad creadora. Invocar ausencias se volvió la única forma de zurcir lo quebrado que se devela en el follaje cerámico.

11 —¿Quién eres tú? || *Jumaxa khitïtasa*
—Yo soy un contenedor vacío. || *Nayaxa suxu*

A
A
A
G
G
A
A
T
C
C

Mi abuela hablaba latín, aimara y español. Al morir, el eco de las montañas lloró su partida en esos tres idiomas. ¿Acaso llorarán la mía?

Manual de instrucciones al reverso del champú sobre cómo tratar a tu padre con demencia senil

Hace unos meses nos dejamos atrapar por una película vieja. Blanco y negro, en el canal nacional. Antes de que todo explotara. Antes de que me fuera a vivir solo.

Un milagro para Helen.

Mi papá quedó tan entusiasmado que apenas aparecieron los créditos finales nos pusimos a jugar. Cerré los ojos y con la palma de los dedos traté de adivinar las frases gesticuladas por sus labios. Así estuvimos la madrugada completa.

Pasadas las diez de la mañana del día siguiente, mientras él comía su Gansito de manjar, la pusimos nuevamente. Aquella vez en el monitor del *laptop*. Ahora era él quien acariciaba mis palabras.

Ninguno de los dos adivinó nada. Ni la primera, ni la segunda vez.

El día antes de irme, mientras ordenaba las pastillas, me preguntó por la señora de lentes oscuros. Me dijo que hacía tiempo que no la veía y que extrañaba jugar con ella. Que la echaba de menos.

Hoy planeo ver la película de nuevo. Hay cosas que debo preguntarle a la actriz que interpreta a Anne Sullivan. Como dónde consiguió esos lentes, por ejemplo.

Prender la cámara. No para retratar a alguien o a algo. Prenderla, no para reproducir naturaleza muerta, sino para mantenerla fija en un plano que exponga el interior del departamento que arrendé. Este espacio pequeño que, en escala, no mantiene proporción alguna con la casa de mamá y papá. Un espacio donde habita el cuerpo del que escapa. Del que abandona a quienes le proporcionaron las líneas y líneas de adenina, citosina, timina y guanina. Los ejecutores de la condena a ser una tara.

Un plano fijo que desnude una intimidad vaciada de calor. Que exponga el blanco homogéneo cortado por esa cosa vegetal, que respira sin mostrarlo. Un vivir dejando huella.

Un ojo abierto que no parpadea. Que es testigo a la fuerza de la relación entre el cuerpo que escapa y la cosa vegetal. Un órgano que percibe, flotando, la coreografía de los cuerpos y el ritmo del enfrentamiento. Esa afectación mutua entre el piso y el pie, entre la superficie y la maceta, entre la raíz y la piel, entre la hoja y la lengua. Entre lo que tiene límite y su atormentada infinidad.

Un vaivén de píxeles que pueden ser transmitidos a cualquier pantalla. Que le dan a uno la excusa para entrar a la fuerza en el interior del otro. El interior que comparte un alguien con un algo. O un algo con un algo. Quizá de un alguien con un alguien.

Una oportunidad única para desgarrar la superficie de este interior blanco. Para estar a la fuerza entre las vísceras del departamento que arrendé para escapar y abandonar y dejarme estar.

ArtrósicaErguida

La fuerza que tuerce a un espiral. El encogimiento, la curva, el ardor.

—Me duele aquí —me confiesa papá. Lo hace señalando todos los espacios entre sus vértebras.

Cuando intenta erguirse, lo hace a un tiempo distinto, ritmo dispar. El dolor lo deja todo a carne viva. Quisiera levantarlo entre mis brazos, y, cuerpo a cuerpo, presionarlo para que funcione, y fusione, con mi respiración. Para que me inunden de sensaciones sus pelos y sus arrugas.

Aunque terrible, la belleza de los cuerpos senectos es la curva artrósica. El pliegue y repliegue de lo que alguna vez se mostró más alto que los árboles.

Æ Æ

—La planta está creciendo chueca.

—Ponle un tutor —dice mamá antes de cortarme nuevamente de golpe.

Robé las palabras de un aviso pegado
con violencia a uno de los árboles que tapan
el poco sol que entra a mi departamento

COMPRO TODO LO NUEVO
LO VIEJO YA NO ME SIRVE
(+569) 96894204

Polígonos

De niño tenía una videoconsola que compartía con mi hermana. Nos turnábamos para usarla. Teníamos dos carpetas separadas, con los juegos que a cada uno le gustaban. Ella era de juegos de pelea, yo prefería los simuladores. Recuerdo en concreto el juego en que debía cuidar a un pequeño conejo blanco de cara triste, que vivía en un diminuto apartamento. Debía ayudarlo a hacer todas las cosas que uno normalmente hace en el día a día: lavarle los dientes, ducharlo, hacerle la comida, que hiciera ejercicio…, y ese sinfín de acciones que asientan lo cotidiano. Lo que me fastidiaba de él, o ella, era que cada vez que no le daba una tarea específica que realizar, se iba a la cama.

Los polígonos y las texturas daban una sensación de estar jugando a algo divertido, pero la iluminación era extraña. Todo estaba constantemente iluminado por una televisión con la pantalla en blanco. Y cuando le pedías al conejo que encendiera las demás luces, se negaba haciendo una mueca que me daba risa. Para saber si era de día o de noche, había un reloj en la esquina de la pantalla, porque las cortinas estaban constantemente cerradas, y no se podían abrir. Como si se les hubiera olvidado programarlas.

Cuento esto como si hubiese sido un juego aburrido, pero la verdad es que no lo era en absoluto. Dentro de la habitación había una computadora con la que podías resolver acertijos muy difíciles, además de chatear con «alguien», al parecer un amigo, que siempre tenía algo que decirte. A mí lo que más me gustaba era comprar cosas para vestir al conejo o adornar la habitación.

Cuando el conejo dormía, podías entrar en sus sueños y jugar dentro de ellos. En algunos ibas al supermercado o de pícnic. En otros, más coloridos, lo acompañabas a explorar las nubes o a comer cantidades ingentes de comida chatarra.

A medida que pasaban los días, de ser solo habitación y cuarto de baño, se desbloqueaba la puerta y podías salir al pasillo. En realidad, tenías que forzar al conejo, chantajeándolo con dulces, para que saliera de allí. Las luces en el pasillo tampoco encendían. No me importaba, porque se iluminaba bien con la luz blanca del televisor que venía de la habitación. Era un espacio que podías adornar, pero solo eso. No era gran cosa.

De pronto, un día, encendí la consola y el conejo ya estaba en el pasillo. En su mano llevaba una flor curiosa.

No le di mucha importancia, solo lo encontré lindo. Sin embargo, cuando le pedía que hiciera cualquier cosa, se negaba y se quedaba mirando aquella flor. Las únicas opciones disponibles eran:

Tomar una taza > abrir la llave de agua del lavamanos > llenar la taza > colocar la flor.

Reinicié el juego unas diez veces, pero la flor no desaparecía. En uno de esos intentos me aburrí. Así que lo dejé.

Un par de meses después, quise volver a jugarlo. Lo extraño es que, cuando comenzó el juego, la pantalla de inicio ya no mostraba una casa blanca con techo rojo y un jardín, sino un mar. Al retomar la partida lo que vi fue al conejo triste flotando en medio de la habitación. La casa era ahora azul, llena de flores, aún iluminada por la luz blanca del televisor que ahora soltaba burbujas cada tanto. Un mensaje salía ante cualquier intento de realizar una acción:

Dojaste la llave del aguu corriendo. El conejo luchó por salir del charco cada vez más profundo que se había formado, pero sus patas se debilitaron y finalmente se rindió, dejando que el agua lo cubriera por completo.

Jardinería y otros modos de vivir incompleto

—¡Quieres más a tus plantas que a mí!

Mamá estaba de rodillas frente al gran gomero del patio interior. Habíamos terminado de pelear por un asunto que no logro recordar. Sin embargo, el hecho de verla ahí, después de la discusión, me apenó y enrabietó. ¿Qué tenía esa cosa inmóvil que merecía más cariño que yo?

—Mamá no es de demostrar las cosas con abrazos —repetía mi hermana cada vez que le preguntaba por qué era ella así de fría conmigo.

Para las plantas caricias, tiempo y escucha. Para mí, gritos y castigos.

Manuela

Este texto trata de Manuela.

Aunque Manuela no es Manuela. Tiene otro nombre. Pero bajo esta escritura Manuela será Manuela. Y tendrá sesenta y tres años.

La conocí en una de esas charlas que dan las enfermeras y los cuidadores veteranos en el centro de salud mental donde diagnosticaron a papá. Ella había asistido para despedirse. Su padre había muerto días atrás. Ya no quería seguir vinculada a nada que le recordase la enfermedad que no solo le quitó a su progenitor, sino también su manera de residir el tiempo. Eso no lo dijo en el discurso de salida. Me lo comentó luego en un café cercano a su casa. Lo que aseguró frente a todos nosotros, primerizos recién notificados sobre la nueva condición de nuestros parientes, fue que había sido el proceso que más la hizo crecer en su vida. Sesenta y tres años, un esposo, cinco hijos, dos abortos, una carrera de lingüista y lo que más la había hecho crecer fue sostener a su papá en sus brazos para poder llevarlo de la cama a la ducha. Todos los días, durante quince años. ¿Qué significa crecer?

Manuela sonreía con unos dientes consumidos por el tabaco. Lo hacía de un modo que me tranquilizaba. Le había parecido extraño que una persona tan joven como yo estuviese en esa clase de reuniones. Los cuidadores son, casi siempre, las parejas de la gente que comienza a torcerse. O los hijos o hijas mayores que nunca tuvieron hijos ni pareja.

—Pero tú estás casada —le dije. Me sonrío y no comento nada más sobre ese asunto.

Escribía cuentos sobre mujeres divorciándose o viudas de maridos grotescos. Lo hacía para sí misma, subrayó. Que ella amaba a su familia. Pero que ver a su papá convertido en algo parecido a un liquen la había hecho dudar. ¿De qué? De hasta dónde el humano es humano. De cuándo termina el humano y empieza el suelo.

—No quiero asustarte. Pero vas a perder tu juventud sometiéndote al ritmo en que tu papá se va a ir convirtiendo en ese ser inquietante —me dijo agarrando firme mi mirada con esos ojos cansados. Con esos ojos grises y deslavados. Me preguntó si acaso papá tenía esposa.

—Sí —le contesté—. Tiene a mamá —le expliqué que ella no había podido venir porque cuidaba a mi sobrina.

—Algo muy malo debió haber hecho tu papá —lo dijo al borde de la risa. Sí, papá había hecho cosas muy feas.

Pero no iba al caso—. No sé qué hacer ahora —me confesó al borde de las lágrimas. Su papá estaba muerto. Y, con él, se sepultaba el modo de experimentar el tiempo que había instalado el deterioro de su padre. Esa manera de estar en el mundo que la había hecho mirar las cosas con una mezcla de dolor y ternura. Una solidaridad extraña con lo anormal.

Hoy, con la cuarentena total instaurada en la ciudad, caminando de un extremo al otro del departamento, recordé mi conversación con Manuela. Esa plática en el café cerca de su casa. A la que se había mudado junto con su familia, para estar más cerca del centro de salud mental donde trataban a su papá. Conversación que había ocurrido hace unos cinco años.

Escapé, Manuela. Me fui. No lo soporté más. El ritmo que el cuerpo de papá impuso había desgarrado todos mis tiempos. Ese extraño ritmo que no obedece a ningún patrón. Un ritmo sin suelo y sin techo. Un algo que había dejado la casa en donde crecí como un gran espacio abierto y vacío. Y me fui de un día para otro. Justo después de que explotara todo y la ciudad ardiera como el petróleo.

Arrendé un departamento en el centro, cerca de tu casa, y me encerré aquí. Pero sus ojos me persiguen, Manuela. No son los ojos de ese hombre que me crió. De ese que me llevaba queque y leche con chocolate a la cama los fines de semana cuando era niño, no. Son unos ojos profundos, inmensos y vacíos ¿Acaso tú también sueñas aún con ellos? ¿Con los ojos de tu papá? ¿Cuándo se apaga la pena? ¿Qué queda después del colapso?

Se tornó infesto. Incómodo por ese realismo mutante. De movimiento en escala de espasmo. Difícil de mirar. De retención obligada. De sensaciones entre la ternura bestial y la lástima. Roto, descompuesto, pero vivo. Con respiración oscilante y sonido carnoso. Sin humanidad aparente. Un ser siendo. Parecido al musgo, fungiforme, por decir algo. Derramado en el espacio, la cama, el techo. No está aquí, pero ocurre ahora. Como una roncha inyectada en clorofila. En alguna parte del entramado conserva sus ojos azules, con una separación de un par de metros.

Vivo.

Respirando.

Ajeno pero querible.

Despierta sensaciones de urgencia como un llamado a la sobreprotección.

Asco. No. Es mi padre.

¿Cómo podría darme asco?

Ahora se eleva por mi pie una caricia pegajosa.

Busco mi infancia
entre el crepitar de la materia

La gota en caída libre, la flama. Un olor a plástico quemado y piel calcinada. El minúsculo grito de dolor. El miedo. Mamá me tenía estrictamente prohibido seguir derritiendo juguetes con fósforos. Me iba a quemar, ella lo sabía.

Plástico ardiendo, secreción humeante que cumplió la profecía. Esconderlo todo; la herida, la vergüenza, el juguete a medio quemar y los fósforos. Nunca más volver a hablar de mi intimidad con el fuego. «Los niños que juegan con fuego mean la cama». La amenaza de mojar la cama no era ni la mitad de terrible que el dolor de calcinarse la piel. Aun así, el castigo y el escarmiento adulto fue lo peor.

El accidente cicatrizó la fascinación y taló el vínculo.

La [i]lógica de la herida

¿Qué es eso que brota de la planta?

Le di una puñalada rápida con la tijera de podar. Fue torpeza, error, un mal cálculo.

¿Es acaso agua?

Parece sudor. Es igual a lo que brota de mi mano.

¿Qué está perdiendo a través de esa herida?

¿Se sentirá parecido a cortar piel humana?

Aún tengo la sensación de cómo el metal se abría paso entre las fibras.

Una herida tan pequeña parece menor, ¿verdad?

Apuñalar despacio un dedo, eso quiero hacer. O un costado del torso. Ver alguna gota roja germinar como esa lágrima transparente que salió de la planta.

¿Será acaso pus? ¿O alguna sustancia para frenar la infección inminente y evitar que se gangrene su frágil interior?

La gota que cae a mi cadera es mucho menos densa que la de la planta. Hasta en eso somos diametralmente distintos. No puede limpiar su herida. Y yo no puedo evitar seguir empujando la tijera cada vez más adentro de mi piel.

¿Y qué pasaría si nuestras heridas nunca cicatrizaran? Derramaríamos todos nuestros líquidos para colmar con algo el vacío. Ese que solo es llenado por el oxígeno de este departamento. Se mojarían todas las cosas. La cámara. Se arruinarían las horas y horas de grabación de interior. Explotarían silenciosas las ampolletas.

—¿Alguien vendría a vernos?

—No.

—¿Quedaríamos encerrados a perpetuidad?

—Tampoco.

Nos disolveríamos en la mezcla de nuestros fluidos. Y esa solución acuosa se filtraría por los muros, las ventanas y el piso de este departamento. Lo que provocaría una serie de reclamos de la junta de vecinos.

—Arregle la cañería. El interior del departamento es de su exclusiva responsabilidad.

Un relato que encontré en otra revista y que me recordó las telenovelas que ve mamá

El cíclope ariqueño, por Isolina Pineda.

... Ojalá Camila pudiese quedarse pegada en un costado de la cama, en la casa de Espinales, mirando el canal de las teleseries turcas. Esperar ansiosa la tarde para sentarse con la tía Nana y ver las dichas y desgracias de otros que ni siquiera conoce. Estar tranquila, arropada y apoyada en ella, que teje y teje algo que desarma y vuelve a desarmar cada diez minutos. Porque no lo quiere terminar. Viendo mi rostro en el televisor. A mí, siendo el galán.

Tener problemas de galán: ¿con qué mujer me quedaré? ¿Le haré caso a la cabeza o al corazón? ¿Será ella mi hermana perdida en el naufragio, donde también perdí a mis padres multimillonarios que me dejaron una gran fortuna y un rostro angelical?

Vivir hechos simples: «Esa mujer me quiere traicionar...». «Mi padre no es mi padre...». «Mi madrastra provocó el accidente donde murió mi prometida, que le donó el corazón a una chica de la que ahora estoy enamorado...». No ser el actor. Ser el galán. Ser, tan solo, guapo. Y nada más. Ser tan guapo que duela. Solo guapo. Salir en revistas. Que mi mayor problema sea que me asuste la edad. O que necesite un retoque en la cara… Porque sabes que al fin y al cabo… al galán no lo mata nadie. Y feliz, porque el galán siempre está feliz. Siempre termina feliz. Me gustaría que Camila pudiese ver eso. La tía Nana me dijo que me parecía a uno de esos actores turcos. No sé qué diría ahora que me falta un ojo… ¿Me encontraría igual de bonito? ¿Podría ser aún el galán? ¿No?

—Abandoné a papá y mamá cuando cayó el encierro.

—¿Se ha dado cuenta usted de que esa niña de ahí nunca deja de ir a esa plazuela?

—La acompaña su madre.

—No es su madre. En realidad, ninguno de los vecinos sabe quién es. Pero se nota que no es familiar suyo. Usted no lo sabe, porque hace poco que llegó a este edificio. Pero esa niña tiene la misma edad que yo. Me veo viejo, ¿no cree? Esa señora que la va a dejar es más joven que la misma niña. Usted no lo entendería porque lleva viviendo un tiempo muy corto con nosotros. Desde que soy el conserje, esa niña parece no envejecer.

—Los dejé solos. A papá demente y a mamá cruel. Encerrados en una casa que solo tiene un patio interior.

—La niña tiene la edad de los árboles. Esos que dan al piso de usted. Con las ramas apuntando a su departamento. Entre sesenta y setenta años.

—¿Cree usted que ellos podrán perdonarme?

—Perdón a Dios. Pero parece que usted no cree en Dios. Así que pídale perdón a algo más grande.

—¿Al árbol?

—Claro. Al árbol.

—O también podría pedirle perdón a la niña.

—Claro. A la niña.

—¿Tuvo un accidente?

—No. Nació así. O por lo menos eso me comentó don Cipriano. Ah, cierto, usted no conoce a don Cipriano porque lleva viviendo menos de un invierno aquí. Él era el vecino más viejo del edificio. Cuando llegué a trabajar aquí, él ya tenía como noventa y seis años. Murió apenas unos días antes de que usted llegara. Don Cipriano y la niña eran muy amigos. Creo que hasta se iban a casar en algún momento. Pero él me contó que una vez la niña se volvió loca y lo mordió. Le quitó parte de la oreja de un puro tirón. Hasta ahí nomás llegó la amistad. Le faltarán sus bracitos y sus piernitas, pero es bien salvaje.

—¿Puedo hacerle una pregunta?

— Dígame.

—¿Cuánto tiempo llevamos encerrados? ¿Lleva la cuenta?

—Los árboles están llegando al quinto piso. Así que calculo que unos seis meses.

—¿Tan rápido crecen?

—Sí, porque está subiendo la temperatura.

—Es hora de que vaya a ver a papá.

—Ya viene siendo hora de que me ponga a regar la entrada. A los propietarios les gusta que todo esté verde. Yo lo prefiero amarillo, si me lo pregunta.

—Discúlpeme, ¿cuál era su nombre?

—Conserje a secas. Si total usted y yo sabemos que tarde o temprano se va a ir. Quienes escapan nunca se quedan quietos en un lugar. ¿Cómo le va con su plantita?

—Crece dos coma cuatro centímetros por semana.

Algo idéntico a uno mismo es el mismo uno, pero idéntico. Y no soy idéntico al mismo que es uno. No soy uno ni el mismo. Digamos, de una manera un poco más precisa, que soy uno y lo mismo al ser diferente entre los que son distintos y únicos en relación con los que somos iguales. En conclusión: uno y el mismo son diferentes entre sí, pero comparten la identidad de ser lo mismo, pero al revés. Como los dioses que habitan en el insignificante fuego de la encimera.

---

fuego de la encimera.
revés. Como los dioses que habitan en el insignificante
sí, pero comparten la identidad de ser lo mismo, pero al
les. En conclusión: uno y el mismo son diferentes entre
distintos y únicos en relación con los que somos igua-
que soy uno y lo mismo al ser diferente entre los que son
el mismo. Digamos, de una manera un poco más precisa,
co. Y no soy idéntico al mismo que es uno. No soy uno ni
Algo idéntico a uno mismo es el mismo uno, pero idénti-

Escritos quiméricos

Mamá envió un archivo al departamento. Lo encontré al abrir la puerta, junto al ducto de la basura. El conserje debió haberlo dejado ahí durante la madrugada.

Cuatro carpetas color negro petróleo dentro de una caja de cartón. Sin remitente. En ellas, la correspondencia que le enviaba papá desde la cárcel. Tiempo que él bautizó como «el posgrado».

La palabra es mineral. En las cartas están contenidos los sedimentos de la lengua que papá perdió. Leerlos es conectarme con los ritmos de su escritura a mano alzada. La escritura que se actualiza cada vez que mis ojos se pierden en esas oraciones.

Negrita linda/Cosita rica/Mijita hermosa/Baile de preguntas.

La redacción era melosa. Buscaba constantemente una respuesta en un interlocutor que no vivía su tiempo. Tal como hoy.

Extraigo sus palabras y las clasifico. Les doy un nuevo orden. Redacto con ellas cartas dirigidas a mi persona.

No se las mostraré a nadie.

Sin embargo, las guardaré.

Hay algo en sus palabras históricas que me revuelve el estómago.

Lo leo perderse para siempre. Lo leo perder su capacidad de nombrar las cosas. Perder la capacidad de nombrarme. Y duele.

No es para llorar. Pero duele.

Papá me comentó alguna vez que estaba amputado biológicamente del llanto. Que nadie en su familia lloraba. Las cartas donde yo soy el remitente, que construyo con sus palabras, son un llanto que nunca empieza. El cauce de un río imaginario en un paisaje gris. Sin agua. Más lleno de vida.

La anamorfosis

Un yo frontal, al revés, no de cabeza, reflecto en el extenso espejo de un baño. De los once a los diecinueve, cuando uno comienza a deformarse. Hoy cumplí veintisiete y lo único que hago es aproximarme a una especie de sensación de microscopio. Algo así como una maximización de imperfecciones y deformidades corporales. Desarrollé, a mi pesar, vista clínica para lo grotesco.

La angustia, luego el vapor. Cuando la piel se confunde con los ojos, la boca y el pelo. Silencio. La cabeza calla. Lo que tengo enfrente es solo un aura de movimientos crecientes.

Me gusta eso. Sentirme ajeno al rostro y a la forma. Ser abstracto e incompleto. Más cercano a la bacteria que al David de Miguel Ángel.

Un poema aparecido en un archivo viejo que escribí para mamá

La mamita negra tiene una pena que le pena
Y con su penita negra, friega pisos de cartón,
y pule una capilla que se torna catedral.

A la mamita negra le duele el tiempo,
le hiere la edad.

Le duele también un amor pobre,
un amorcito ratoneado.

Y su corazón envuelto en cloro,
le hace ver las negritas venas de su piel india.

A la mamita negra le aflige la juventud robada,
las miradas y las habladas.

Lc duclc cl corazoncito hccho pomc,
le pesan las gotitas dulces que le llora su madrecita
todas las noches.

A la mamita negra le queman los hijos,
ingratos muñecos de trapo arrojados a lavar,
pobres, egoístas y ciegos,
que ella, siendo tan negra, no los deja ensuciar.

Y la miro, y me mira.
Y con su pasito negro cierra la puerta,
para, (ojalá) perdiéndose en las sábanas, dejar de escuchar.

Sueña a veces, en negro, despertar,
y ya no ser más negrita, sino gris en su lugar.

Preparar té y otros tipos de verter y sumergir

Compré la regadera a la misma chica que me vendió la planta. Una de estilo japonés. Un chispazo de color para que dialogue con el verde de las hojas y el blanco de las paredes. Es de esas que se ven vetustas siendo nuevas ya que las desgastan vertiendo en ellas químicos oxidantes. O sumergiéndolas en soluciones ácidas.

> *Le hemos quitado al tiempo el placer de desvanecer las cosas. Al oxígeno su capacidad de mascar el material limpio. Qué desagradables somos.*

Antes de comprar la regadera, mojaba la planta por inmersión. Lo que quiere decir que llenaba la tina a tope, tomaba el macetero y sumergía todo. «Hasta que no salga a la superficie ninguna burbuja. Como si estuviese ahogando a alguien», me recomendó el conserje. Nunca he ahogado algo, o a alguien. Quemado sí. Los juguetes de plástico en el patio interior de la casa de mamá y papá y a algún insecto. Pero ahogar es algo distinto. Yo sí me ahogué, no por inmersión, no en el mar, si no en el pasillo de la casa que me vio deformarme. Esa casa de la que escapé.

Cuando me descubrió medio muerto, mamá llenó la tina con agua caliente y me sumergió. Lo hizo para que soltara el ahogo. Luego me levantó y me zamarreó con desesperación. Seguido de eso introdujo la mano olor cloro al fondo de mi garganta, para que expulsara de mí ese líquido denso de color azul. Virutillas vertidas en mi pequeña boca por mis torpes manos y brazos. El peso de la caída. El sonido en mi cabeza y lo negro. Beber una sustancia para limpiar otra.

¿Me quiere mamá? Mamá quiere té. Que le sirva té hirviendo en su taza de loza. Para agarrar la bolsa y sumergirla, sacarla y zarandearla. Ceremonia del té todos los días hasta el paroxismo. Repetición sin diferencia alguna. En esa casa. La casa que comparte con ese extraño ser al que llamo papá. A quien, para mantener algo de equilibrio en nuestra mentalidad, afirmamos como alguien que conocemos desde hace mucho.

Que desparrame el té por la mesa. Que lo deje escurrir entre las grietas de esa mesa antigua que me cobijó cuando me escondía de ella. Que me vio esperar que papá llegara a salvarme. Que inunde la casa entera. Que la baba y las lágrimas no se reconozcan entre tanta infusión china. Que papá se ahogue. Que los tres nos ahoguemos juntos.

A los japoneses les encanta verter agua. Lo sé porque, desde que inició el encierro, he visto un millar de películas japonesas en mi *laptop*. Hace ya... ¿seis meses? Verter agua en sus baños, en su té, en su café, en sus manos al entrar a los templos, y en muchas otras cotidianidades. Recuerdo que la primera vez que vi jugar a mi sobrina fue con un vaso de plástico en su bañera. Lo llenaba a tope. Lo vertía riendo. Lo llenaba a tope. Lo vertía emocionada.

Pienso en todo esto mientras riego la planta con la regadera estilo *vintage* japonés. Lo hago mientras escucho las canciones viejas de Ricardo Arjona. El *soundtrack* de mi niñez. Y el de mi sobrina, imagino. Mamá y hermana aman escuchar siempre lo mismo. Hay algo de calidez en querer que las cosas se mantengan siempre iguales. Si lo pienso bien, no me molestaría quedarme así, inmóvil, en el interior de este departamento. Con Ricardo Arjona de fondo.

Niña feral

La niña feral no es un niño salvaje.
No fue abandonada en la naturaleza.
La genética la despojó de ser bípeda o cuadrúpeda.
Sin embargo, donde en los demás hay pies
tiene yemas de aromo,
estas pueden acariciar el aire desde una ínfima altura.

Corre por los cerros con la mirada.
Recrea amorfas palabras de barro.
Y, serena, hace todo lo que hace.
Quieta. Radiante en su ser ápoda.

¿Qué importa la falta de manos
si se pueden alimentar a las fieras con sonrisas?
Cuando se pueden formar collages imaginarios
con los paisajes que nunca se podrán ver.
O formar parentescos dulces con los ruidos,
las moscas y las palomas.
La niña feral está confinada entre las escamas
        y el agua.
Entre la piel y el sudor.

Degustando el borde.
En el tacto.
Y allí es feliz.
La niña feral es simbiosis bastarda y romántica.
Y allí es feliz.
Menos niña y más musgo.

3, 60, 71, 30, 18, 4, 33 semillas amarillas obstruyen mi garganta

En la soledad del confinamiento, observé cómo los cerros, en esa silente metamorfosis, se vestían de amarillo; un espectáculo distinto a cualquier otro. Desde el balcón de la casa de mamá y papá, había contemplado cerros inundados de flores, paisajes de tonos tierra que acompañaron mis días, y en momentos fugaces, cerros blancos, y hasta negros. Sí, amarillos los había visto, pero nunca presencié el frágil instante en que mutaban. Es difícil imaginar la sutileza lenta y profunda de esa transformación; intento escribirlo de la manera más clara posible.

[Vi el fenómeno entre medio de las hojas del árbol que me tapa el sol].

La garganta arde al intentar pronunciar algún detalle de lo que atestigüé.

Los vi tornarse amarillos.

Teñirse de amarillo.

No ser amarillos.

Eso ya lo había visto, nunca el proceso.

Del verde al amarillo.

¿En cuánto? ¿Sesenta minutos? ¿Setenta y un segundos? ¿Treinta días y dieciocho meses? ¿O solo fueron cuatro minutos? Quizá unos treinta y tres segundos. No los pude contar. El lento colorear me enmudece. Los números no alcanzan. Me da rabia no poder escribirlo, angustia. Sueno como un tonto.

Sí, esas flores también las había visto. Son comunes. Yuyos. Así les decía papá. O les dice. No sé. ¿Olvidó eso también? Son Brassica campestris, de nulo valor ornamental. Un *wild turnip*. Lo busqué en un índice de especies endémicas en internet.

Tampoco es importante.

La llama en mi garganta se prendió al verlas florecer. Al unísono. A un ritmo que nunca había presenciado. Era un coro. Una gran ola de amarillo. Un despertar de amarillo. Un ahogo de amarillo. No lo sé. ¿Me entienden? Las sentí florecer en mis ojos. Los poros de mi piel se abrieron en armonía con ellas. El vello del cuerpo acorde, tratando de imitarlas, mientras que la garganta se cerraba al ritmo del abrir explosivo de los capullos.

¿Qué hacer después de eso?

Nominal

¿De qué trata eso de reducir?
¿Y ese pavor a lo absoluto?
¿En cuántas palabras puedes reducir el mundo?
¿Nombramos a lo que pasa cuando nos equivocamos al reducir algo?
¿Le podemos enseñar a reducir cosas a las cosas?
¿Las cosas reducen cosas?
¿La relación con lo que hay ahí afuera se hace reduciendo las cosas?
¿La manera en que yo reduzco las cosas es distinta a la manera en que las reduce otro?
¿Cuándo termina una cosa y empieza otra?
¿Reducir cosas es hacer ciencia?
¿De eso se trata experimentar?
¿Tengo derecho a elegir cómo reducir las cosas?
¿Las cosas tienen derecho?
¿Las cosas necesitan reducir las cosas?
¿Las cosas hacen ciencia?
¿Cuál es el nombre de la ciencia que hacen las cosas?
¿Se le puede llamar ciencia a eso?
¿Le podemos llamar cosas a las cosas?

¿O prefiere que les digamos objetos?
¿O __________?
¿Es preferible que nombremos __________ a las cosas?
¿Qué es __________?
¿Es algo nulo?
¿Existen __________ que no son __________?
¿Un __________ puede ser un nulo?
¿Qué anula el nulo?
¿Anula al que pregunta?
¿ __________?
¿Se puede vivir con la pregunta abierta

Mamá decide cuidarlo a pesar de sus repetidas deslealtades en un lapso de cuarenta años

¿Cuánto pesa la mentira, mamá? Responde con una magnitud real, sin palabras bonitas. Ponle una medida, pero a escala vegetal. Y con ella también mide el dolor de despertar todos los días rozando los pliegues húmedos y quebrados. Para que puedas decirme, sin balbucear, cómo se sienten esas erupciones que tienes en tus manos florecidas. Dime cómo suena la voz de los médicos cada vez que conversas con ellos por teléfono. Con ella compón una melodía que puedas tararear cada vez que te llame. Para que las palabras del diagnóstico se vuelvan materiales, y el padecimiento de papá lo conviertas en un deterioro sensible.

Compara los años que papá te engañó con tu tiempo cuidando plantas. Cuando lo hagas, notarás que los años son una escala con la que no podrás medir sentimientos ni sensaciones. Hay algo que no calza, mamá, entre las palabras científicas. ¿Lo has notado tú también? Son rimbombantes, extrañas y rebuscadas. Son demasiado compuestas, nos inflaman la lengua. Quizás es momento de crear palabras nuevas para lo que aún no se ha nombrado, o mejor todo lo contrario. Firmemos un acuerdo y demos rienda suelta al olvido, como papá, hasta borrar cualquier rastro de la lengua. Comuniquémonos con los colores, los olores y los químicos. Que los impulsos nerviosos sean también un entramado de símbolos para decirnos cosas.

Olvidemos también que somos madre e hijo y comencemos un nuevo lazo de compañía. Busquemos la manera de tirar los muros de casa, que la cocina y el dormitorio sean solo una extensión más del patio interior. Acariciemos a papá con un algodón empapado en té, como a tu gomero, y quedémonos así por semanas.

Perdonémonos el haber creído ser personas. Al fin y al cabo, estamos a tiempo de convertirnos en todos los ritmos que nos rodean. Te propongo lábiles. Y que a medida que nos vayamos desvaneciendo las plantas crezcan alrededor nuestro. Lo cubrirán todo. Para que nunca más se distinga ese límite inventado entre la piel y el musgo.

Sé que duele el tener que abandonar tu posición sobre las cosas. Pero someterse al viento, a la temperatura y al sonido de las hojas cura más el dolor que el escitalopram.

No borraremos los cuarenta años de mentiras de papá. Pero por lo menos viviremos unidos a cada partícula de polvo que forma la tierra que nos sostiene.

No son manos, son flores

Todos hemos escuchado sobre la abstracción, pero nadie ha visto una.

Felicidades, hoy cumples ochenta años. Resulta extraño que tu vida hasta hoy tarda cinco palabras en volver a ocurrir. Despiertas aturdido y con dolor. Es algo obvio, nadie llega a su octava década con un buen despertar. Recuerdas haber soñado con el cementerio de tu ciudad en el extremo norte del país. Visitaste la tumba de todos tus seres queridos. En las piedras ya no estaban sus nombres, pero reconociste el lugar sin dudar un segundo. La sensación fría de abrazar la lápida de tu mamá aún mantiene tus pelos de punta. Imágenes borrosas de ti intentando desprenderte de la piedra que adorna la tierra en la que descansa tu mamá. De la yema de tus dedos, de los poros de la yema, crecía una forma líquida. Algo así como una estructura tentacular, palpitante y húmeda, que se adhería a la piedra. Tenían de aspecto la raíz de los huiros que recolectabas con tu papá en los roqueríos. Pero esas algas no se movían, bailaban gracias al oleaje. Las que germinaban de tus dedos tenían autonomía. Las sentías, eran parte de ti, y aun así lo único que querías era arrancártelas. El dolor de la amputación no te frenó a tirar con todas tus fuerzas. Era inútil, lo único que conseguiste fue comenzar a sangrar.

Tu boca sabía a tierra.

A sus otros hijos no les importa que suceda con él

En biología se dice que el objetivo de la vida de un ser es la propagación de su especie. El pez luna, inútil animal marino a los ojos del humano, que ni siquiera puede mantenerse a flote cuando duerme, pone en promedio trescientos millones de huevos en una sola fecundación.

Papá tuvo seis hijos y una tara. Y solo un par sostenemos risueños el dolor que es compartir un trozo de momento con él.

Exceptuando a mi hermana y a mí, la descendencia de papá cortó lazos emocionales. Modificó su sentido de pertenecer a la carne que ahora es pellejo, y la reemplazó con diagnóstico y dato duro.

El líquenhongomusgoserderramado que es papá hoy no se enfrenta al mundo con las palabras y la lógica. Él baila con la danza interminable de impulsos a los que quisimos referirnos como «emociones». Todo color, textura y aroma es cosquilla, es realidad ineludible.

No culpo a mis consanguíneos por no poder aguantar lo caótico que es armar lazos amnésicos. Lástima que, ante sus ojos, el que alguna vez llamaron papá es ahora baba y atrofia. Porque jamás podrán experimentar qué es tocarse y ser tocado por la piel más sincera que alguien pueda sentir.

Formas de borrar un bosque

Chañar Carza Pacama Queñoa Kewiña Algarrobo Tamarugo Pimiento Temo Patagua Liun Petra Sauce amargo Pelú Espino Maqui Lilén Belloto del norte Huillipatagua Peumo Tayú del norte Corontillo Palma Frangel Bollén Huayo Litre Maitén Arrayán de Colchagua Petrillo Boldo Huayacán Lúcymo silvestre Quillay Molle Huingán Ciprés de la cordillera Belloto del sur Guindo santo Queule Laurel Luma blanca Piñol Radal Ruil Raulí Coigüe Hualo Roble de Santiago Hualle Lingue Pitao Mañío de hojas largas Lleuque Araucaria Notro Ñire Lenga Olivillo Luma Meli Tiaca Chaquihue Palo santo Canelo Ulmo Avellano Tepa Fuinque Arrayán Pitrapitra Pellu pellu Saúco del diablo Traumén Tineo Alerce Lahuán Leña dura Coigüe de Magallanes Coigüe de Chiloé Ciprés de las Guaitecas Mañío de hojas punzantes Tepú Corcolén Manzano de Juan Fernández Canelo de Juan Fernández Naranjillo de Juan Fernández Lumilla Toromiro Árbol común (si existe)

Centímetros

Pueden pasar de cuarenta y cinco minutos a una hora entre que llamo y devuelven la llamada. Tiempo muerto, acostado en mi cama. Observo la foto que tengo en el velador, apoyada en la maceta de Ceres. Es de cuando la Elisa había cumplido dos meses. La única que sus papás le han sacado, y fue para regalárnosla a los parientes como recuerdo del bautizo. Los adultos hacen pactos raros cuando tienen hijos. Y la promesa entre mi hermana y mi cuñado de no sacarle fotos a su hija es el más extraño de todos. El teléfono vibra. Contesto.

Está corriendo por el pasillo, lo sé porque todo pasa a ritmo de temblor. Alcanzo a ver desde la pantalla el desorden que tiene mi cuñado en la cocina, las montañas de bolsas en la entrada del departamento y las piernas chuecas de mi hermana. Ruido de tropiezo y caída libre. El sonido del azote satura mis audífonos y deja la imagen en negro. El autoenfoque me ayuda a adivinar qué es lo que veo: la parte de abajo del colchón. Estoy debajo de su cama. Me preocupa no escuchar llanto, la Eli es muy asustadiza. Espero el ascendente de susto que sé, acabará en grito. Muerdo los dientes. Silencio. «¿Elisa?» le pregunto extrañado. Sonido de serpiente para apaciguar el dolor. Siento que su mano se acerca reptando. Todo se inunda de luz.

Ahora camina tranquila. Se mete bajo la mesa. Está más alta, lo sé porque debe agacharse más que la última vez. La imagen se detiene. Al parecer apoyó el teléfono en alguna de las patas de la mesa. Me sorprende su astucia. La toma estática me revela el síndrome de piernas inquietas de su madre. Aquí, mientras mi hermana trabaja, la Eli juega a ser mamá. Es un espacio donde el mantel se transforma en puerta y cortina. Muñeca rusa: la casa dentro de la casa. Me invita a ser testigo del cambio de look del peluche de elefante que le traje de la India el año pasado. Le cortó las orejas con un cuchillo de pan. Sonrío. Sin percatarme, de nuevo nos estamos moviendo. Me muestra los lugares nuevos que ha encontrado durante estos tres meses que lleva sin salir del departamento: un hueco que hay entre el lavamanos y la bañera, el nuevo hogar de la familia de Peppa Pig, cuyos miembros han sido retocados con lápices scripto; un espacio en el clóset de sus papás, dónde ha escondido unos seres de plastilina a medio derretir; y, por último, los recovecos entre los libros de química orgánica de su mamá, que ocupa como escondite para sus dibujos.

Su voz comienza a mezclarse con otras cosas. Y, como si estuviese recién despertando, me percato de que lo que comienzo a escuchar son los sonidos de su casa. Aparece la voz de mi hermana. El ruido de los platos. El arrastrar de los pies de mi cuñado. Y la sonajera de cubiertos. Para mi pesar, es herencia familiar que los aparatos electrónicos no sean invitados a la mesa. Se acerca el final de la llamada. De pronto, mi hermana le pide el teléfono. Mientras se lo entrega, logro ver solo por unos instantes su rostro. No distingo forma, pero sé que es ella. Son un par de *frames* que guardaré para siempre. La Ingrid, mi hermana, activa la cámara frontal. Le comento que la Elisa ya no llora cuando se cae. Me dice que hace tiempo no lo hace, y se despide con un beso.

La primera vez que comenzamos las videollamadas, le pedí a la Ingrid que midiera la altura de la Elisa. Desde entonces me envía esos datos al cortar. Ya llevo doce medidas escritas detrás de la foto del velador. En promedio va creciendo dos coma cuatro centímetros por semana.

Lo que logro entender del archivo de audio que grabé mientras dormía

A quien te evoca en el canto sin pestañear con ojos azules. Dile que no le temo. Aunque me señale y repita mil veces mi nombre. Porque no lo sabe pronunciar.

Su voz es un soplo vibrante que se cuela en el abotonado telón blanco.

Se levanta, más allá de lo que alcanza su vista cansada.

Los sonidos que se alimentan de nosotros

El agua del grifo ya no sabe a cloro ni a sal. Sabe a té. Té verde diluido y frío.

Mi hermana solía decir que las mejores hojas de té son aquellas que puedes comer luego de haberlas hidratado. Se había vuelto una verdadera entusiasta en las cuestiones de las infusiones medicinales. Las agüitas de hierba que ayudan a uno a sentirse más tranquilo. A oxidarse más lento. Era una manera de encantarse de la licenciatura en química que estaba cursando. Eso era cuando yo tenía unos doce años. Una época en que dormíamos todos los viernes juntos, cuando mamá salía a juntarse con sus amigas y papá no venía. Y ella me quería, me decía pichintún.

Me preparaba toda clase de mezclas de manzanilla, tomillo y flores. Decía que era para que yo creciera sano y grande. Tomábamos grandes tazones juntos mientras veíamos películas de dibujos animados que alquilábamos en un Blockbuster cerca de la casa de mamá y papá. Al parecer algo de aquello funcionó, porque el metro ochenta y nueve de altura hace que este apartamento de treinta y dos metros cuadrados me parezca un poco asfixiante. La extraño.

¿La extraño? No lo sé. Ahora tiene una hija, un marido y un departamento el triple de grande que el mío. Con una ventana que mira en dirección a la casa en la que crecimos. A unas pocas calles de distancia. Se aburrió del té. Comprar esas hojas que se pueden comer era demasiado caro y con poco sentido para una profesora de liceo con una familia.

Dice que abandoné a mamá.

Me pregunto si sigue bailando con la música a todo volumen cuando su marido y la Elisa la dejan sola. Sincronizando los labios al ritmo, a la letra, exhalando suavemente mientras simula cantar. Golpeando el vacío, enfrentándose a un personaje compuesto por el aire y sus frustraciones. Me pregunto también cuándo dejé de ser su pichintún y comencé a ser una persona que abandona. Una cosa que tiene culpa de cosas.

En mi boca he encontrado dientes de adulto. Deseo que se caigan, y que de sus espacios vacíos nazcan unos nuevos. Unos negros y brillantes.

Un periodo de encierro donde el tiempo corre a un ritmo que atomiza

Prender nuevamente la cámara. Esta vez en tu nombre. Por las tantas veces que jugamos juntos. Me dice mamá que ahora te aburriste. Tú no te aburrías tanto conmigo. Ahora te cansaste de mí. De ponerte frente a la toma y de jugar. Eres un ser temperamental, con ojos cansados y manos sísmicas. Pero esta vez no estarás tú en el cuadro. Estará el vacío del departamento de murallas blancas, teñidas de ese violeta extraño que proyecta el sol al esconderse. Ese que llega fragmentado a la pared del livingcomedorcocinaestudio a través del árbol que cada día me deja más en penumbras.

Dejar enfocado el oxígeno. La planta detrás, en un octavo plano. Acostarme en el sillón lleno de peluches y comenzar a subir la mano. No a ritmo de persona. A ritmo de planta. El movimiento nace desde mi pecho. Hace que se desenvuelva el hombro, el brazo, el antebrazo. Que llegue a la mano y extienda uno a uno mis dedos. Pero a tiempo dilatado y extenso. A una velocidad de florecimiento, donde cada poro de mi piel se abra por tanto esfuerzo y energía puesta en ese pequeño gesto.

Quedar exhausto. El hormigueo del esfuerzo excita a lo microscópico. Se me escapa la risa del nervio. No puedo mantenerme quieto. Las cosas comienzan a sonar. Escucho el diálogo entre las tuberías. El dilatar de los muros por el cambio de temperatura. La predicación de los zorzales. Es espantoso y ensordecedor todo lo que puede contener el oído. Las partículas de polvo del sillón comienzan a rasguñarme. Me hacen nanoheridas que cicatrizan y se abren constantemente. El aire choca y hace colapsar mis cabellos. El oxígeno comienza a masticar la epidermis. La espina dorsal a deformarse. La piel a separarse de a poco de mis huesos, como cuando se arranca la cera depilatoria con demasiada parsimonia.

Lo óseo, cutáneo y subcutáneo explotan al movimiento lento que no les es natural. Brea y cemento. Aquello denso que descoloca la velocidad y hace parecer sutil el choque que lo pulveriza todo. Se agrietan los músculos con cada dilatación. Y explota la respiración mecánica que permite aguantar el dolor de mantenerme en el movimiento ínfimo. En esa danza incómoda a mi ser humano. Pero que a las partes del cuerpo que me componen los llena de un vivirse sin someterse a la jerarquía. Soy un millón de cosas que suceden al mismo tiempo. No hay nada que pueda mantenerse igual de un segundo a otro. Hay algo bonito en sentirse muchos. ¿Cómo hace la planta para mantenerse quieta tanto tiempo?

Escamondar

Podé las cejas pobladas de mi papá. Habían crecido insolentes en la cuarentena.

Las corté a una altura que le permitieran ver de nuevo.

Días después, leyendo un libro en el sitial, rodeado de los peluches, una de sus cejas me apareció en la boca. Sé que era de él. Por su grosor y color.

Las emancipé al cortarlas.

O quizás nunca fueron suyas.

Escitalopram

Familia es el nombre con el que decidimos llamar a este
lazo farmacológico que compartimos.

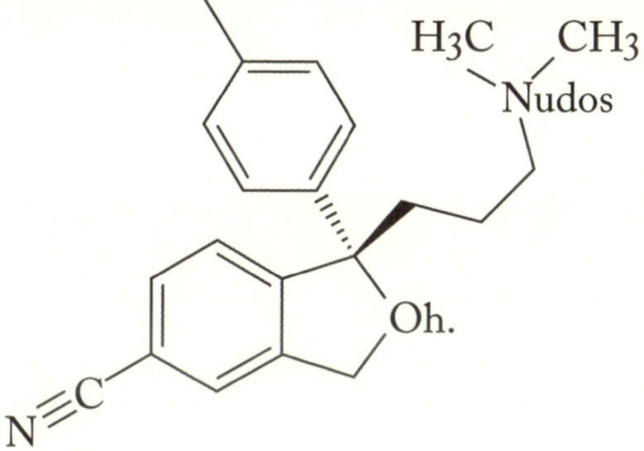

Tener un medicamento en común
es otra forma de empatía.

Ritmo vegetal

Papá.
Hay algo en el movimiento de las algas en el oleaje que
me recuerda a ti.
A tus vellos del pecho, en la piscina,
cuando me sostenías por no saber nadar.

Papá.
Hay algo en el tiempo de las plantas que parece
vincularnos.
Es una cadencia constante que no deja mantener
las cosas bajo control.
La planta es otra a cada minuto,
como lo eres tú desde el diagnóstico.

Tus ojos de clorofila se van apagando,
al igual que tu memoria, a ritmo de planta.
Y el ser vegetal que crece en el escritorio,
que me acompaña al escribir estas palabras,
señala que nada se detiene.
Tus ochenta y dos años no se detienen.
Por más que yo lo desee, nada se detendrá.

Pero algo alivia, papá, y es que puedo tenerte
y perderte a cada segundo.
Como las hojas pierden también su forma,
y el verde de tus ojos me contiene.

Exterior

—¿Te diste cuenta de eso? —pregunta papá sonriendo. Estamos sentados en el patio interior de la casa nueva. Ya ha pasado un año desde que lo abandoné, y a mamá. Ella ahora está con mi sobrina y mi hermana preparando té. Papá solo eleva la vista para mirar el gran árbol de la casa del vecino, cuya copa se asoma saludando.

—Las flores amarillas, esas florcitas chicas, ahora son puras polillas —prosigue comenzando a reír, buscando con esos ojos verdes complicidad en los míos. Hace mucho tiempo que había dejado de verme de frente. Esta vez lo hizo como si en ningún momento lo hubiese dejado de hacer. El palpitar del cuerpo se detuvo por un instante.

—Quiero ser un montón de polillas, hijo. Quiero ser bosque.

Nota escrita en los márgenes,
con lápiz pasta rojo y pulso suave

La definición de lo normal y lo anormal nos define humanos inconexos a la complejidad de la naturaleza. Estas categorías condicionan nuestras maneras de entender el mundo y de vivirlo. Las prótesis tienen forma del miembro que debería estar allí, y no otra, para normalizar los cuerpos amputados. Usamos frenillos porque no soportamos la idea de una sonrisa distinta, deforme y asimétrica.

[La naturaleza exhibe caos].

Dermografía

De entre medio de las hojas de Ceres crecen unos capullos blancos. Puede que sean flores. Está claro que son flores. Pero se desarrollan a una velocidad que va desde lo infinitesimal a la sobre-aceleración. No existe patrón de crecimiento. Y me fastidia el no poder grabarlo, absorto por horas, procurando pestañear lo menos posible. Nada. Sin embargo, me quedo dormido por unos minutos en el sofá con los peluches y al despertar me encuentro con que ya no es un botón blanco a punto de estallar. En su lugar hay un tallo verde claro, que hace fuerza hacia arriba intentando separar el único pétalo blanco del lugar donde se produce la intersección de las hojas.

Al darme cuenta de que he fracasado como observador de plantas en crecimiento, busco consuelo en internet. Me inscribo en un subforo de botánica *amateur* y jardinería en espacios pequeños e interiores. La mayoría de sus miembros son hongkoneses delgados que viven en apartamentos hípercompactos. Llevan por nombre El Colectivo de Investigación Hiperfloral, un título gracioso, a la vez que exótico.

La mayoría de las interacciones son sobre cómo cuidar de mejor manera las plantas de interior, además de fotografías de las nuevas adquisiciones que cada miembro tiene semana tras semana. Hay imágenes que muestran espacios que son más verdes que otra cosa, donde los habitantes humanos deben permanecer en incómodas posiciones para no «molestar» el libre crecimiento de sus compañeras de piso. Cuellos torcidos, espaldas encorvadas y piernas comprimidas, a la manera de imbunches. Son mártires que escriben felices la experiencia de construir en sus escasos metros cuadrados verdaderos santuarios botánicos.

Sin siquiera darme cuenta, he pasado todo el día y casi toda la noche frente a la pantalla. Explorando todos los rincones y recovecos de esta, mi nueva comunidad. Casi como si estuviese sincronizado con mi abatimiento, un instante antes de cerrar el laptop me llega un mensaje de un usuario que pertenece al grupo. «¿Quieres ver algo fascinante?» dice la invitación, que no está dirigida en exclusivo a mí, sino también a los otros treinta usuarios que aparecen en línea.

Tras ingresar al vínculo a través del teléfono, me acomodo en la cama para disfrutar de la transmisión en vivo proveniente de algún rincón del planeta. ¿Es de noche?

¿Día? La verdad es que no tengo idea, ya que la cámara web que se utiliza para capturar las imágenes parece proyectar lo oscuro. Las cortinas de la habitación permanecen cerradas, lo que contribuye a aumentar la sensación de estar en un interior ubicado en cualquier lugar. De repente, el resplandor duro y deslumbrante de un aro de luz se extiende por el espacio, haciéndolo parecer un quirófano o un depósito de carne fría. Y entonces, de un costado, surge ella... o tal vez él. No logro distinguir el género del personaje, pero lo que sí puedo afirmar es que su piel se encuentra adornada por una inmensa cantidad de tatuajes, con la única excepción de su brazo derecho.

El o la protagonista de esta escena se coloca en una posición central, su rostro irradia una sonrisa al mismo tiempo que su mano izquierda, libre de tatuajes, se eleva en un saludo hacia su audiencia. Nosotros, una multitud de veintitrés individuos, estamos congregados en su presencia. Todos compartimos el mismo anhelo de ser parte de algo más grande que nosotros. El chat se va llenando poco a poco, los iconos de corazones y flores se atiborran uno tras otro, creando un ambiente de esplendor que empaña la frialdad de la pantalla. También se perciben, aquí y allá, notificaciones de donación. Pequeñas o grandes cantidades de dinero que se suman y se suman sin cesar.

Una muestra inequívoca de la generosidad del público presente. Cada aporte es correspondido con un gesto de elevar las manos y extenderlas en un amplio arco, una señal que refleja tanto la gratitud del anfitrión como la magnitud del evento que nos reúne. En este ambiente alegre, permanezco inmóvil. Con el cuerpo enroscado en posición fetal y la mirada absorta en la pantalla que me separa del mundo exterior, un mundo que ha dejado de importar.

La habitación de la pantalla se compone de tres elementos fundamentales: un cuerpo arrodillado y sentado sobre sus talones, una silla que parece de madera negra y una planta de un tamaño mediano sobre la misma. Unas hojas capturan de inmediato mi atención, con un brillo escarchado que denota un tono metálico hipnótico y que me obliga a preguntarme si el anfitrión se habrá tomado la molestia de pintarlas. Aunque la idea parece absurda, no puedo evitar fantasear con aquella posibilidad: ¿Qué tipo de persona se daría ese trabajo? Sabiendo, además, que la planta en cuestión no tardaría más que unos pocos días en morir. Sin embargo, antes de que pueda explorar más a fondo estos pensamientos, la persona se mueve, y su cuerpo se posiciona frente a la planta. Dejando frente a la cámara el brazo sin tatuajes.

Lentamente, su rostro se acerca a la hoja más próxima, en lo que parece ser el gesto de un beso. Soy testigo de algo extraño y fascinante. Poco a poco, abre la mandíbula, revelando una dentadura cuyos posteriores parecen diseñados para cortar y arrancar. Y es precisamente eso lo que hace, con la precisión y la determinación de un cirujano que conoce bien su oficio: arranca un trozo de un rojo brillante desde el tallo y lo comienza a masticar con una cadencia pausada, como si quisiera disfrutar de cada sabor y textura que ofrece aquel cuerpo vegetal. Los comentarios se agolpan y se superponen, creando una cacofonía de voces que parece aumentar en intensidad con cada mordisco.

De pronto, el exterior blanco de su brazo desnudo empieza a encenderse en zonas precisas. Como gusanos diminutos emergiendo de su piel, su epidermis traza, mediante elevaciones pálidas en la superficie rojiza, formas que se asemejan a las raíces. Y del mismo modo que una grabación puesta en cámara rápida captura las cofias abriéndose paso por la tierra, observo cómo estos diseños medran en la carne hasta tornarse protuberancias. El o la protagonista no detiene su morder y yo comienzo a sentir vértigo por la avalancha de acontecimientos reflejados en la pantalla del celular.

\/
/\
\/
/\

Me caigo. El cuerpo hormiguea.

}{ }{ }{ }{ }{ }{ }{ }{ }{ }{ }{ }{ }{ }{ }{ }{
}{ }{ }{ }{ }{ }{ }{ }{ }{
{ }{ }{ }{ }{ }{ }{ }{ }{ }{ }{ }{ }{ }{ }{ }{ }
{ }{ }{ }{ }{ }{ }{ }{ }{ }

Nébula. Destellos. Extravío. Nada.

Despierto con el celular sin batería frente a mi rostro, y con un charco de saliva en la almohada. Al levantar la vista, logro observar la primera flor de Ceres, sobrepasando en altura a todas sus hojas. Su posición pareciera dirigirse hacia mí. Como si me quisiese dar los buenos días.

Las últimas palabras que me dedicó papá

«Perdón. No pude…».

Epílogo
Por qué los millennials adoran tener su casa llena de plantas (pero casi siempre se les mueren)

«Compré una planta por internet», dice el protagonista de esta historia en el primer fragmento de *Diario de coexistencia con seres vegetales*. «La obtuve de esos viveros *boutique* que tienen perfiles de palabras verdes brillantes sobre fondo blanco por curiosidad». Para ese momento, quien narra ya sabe que su padre tiene alzhéimer y que su madre ha decidido cuidarlo, pese a las repetidas infidelidades de este a lo largo de los años y a que nunca cuidó demasiado de nadie. Al resto de hijos de Arturo no les importa el destino de su progenitor, y el protagonista no tiene clara cuál es su posición al respecto. ¿Cuidar al padre, bañarlo, quererlo pese a todo? ¿O abandonar a ese «papá demente» y a esa «mamá cruel» en una casa sin apenas luz natural, una casa que ya es casi un mausoleo?

Incluso aunque quisiera asistirlo, no sabría cómo. Jamás le enseñaron cómo hacerse cargo de nada. El orden familiar era un fracaso persistente, no un lugar en el que el amor pudiera florecer. Cuando era pequeño, él y su hermana tuvieron peces en un acuario: «Duraron solo un par de semanas vivos. En ese entonces mis padres acababan de encontrar trabajo, por lo que no se dieron cuenta de que esos cadáveres flotaban inertes hasta bastantes días después [...]. Desde entonces, para mí, el agua también devora». Jugó a seccionar saltamontes, a derretir plástico. Incluso en su videoconsola era incapaz de cuidar de nada: al igual que hace unos años todos los adolescentes estaban obsesionados con cuidar de su Pou dentro de su smartphone, o en un momento pretérito los niños agitaban y alimentaban a sus Tamagochis, él lo intentó con un pequeño conejo blanco. Al principio lo hizo bien, pero en cierto momento el conejo se independizó: también quería crecer, y la manera que tenía de hacerlo era cuidar él mismo de algo, una flor de píxeles. Ante ese deseo, por alguna razón, el protagonista dejó morir a su conejo.

Esta relación con el cuidado (se crece cuando se cuida de otro) es uno de los temas fundamentales de *Vivero*. Al igual que Sharon Olds en *El padre* o Philip Roth en *Patrimonio*, uno solo alcanza consciencia de su propia libertad cuando el padre deja de ser padre para ser niño subrogado. ¿Qué será eso que habita en nuestro inconsciente y nos hace convertirnos en plenamente adultos cuando heredamos la responsabilidad paterna, cuando debemos ser cabeza de familia por necesidad? Así lo expresa también una mujer que conoce el narrador cuyo padre también padeció de alzhéimer, y después murió: «aseguró frente a todos nosotros, primerizos recién notificados sobre la nueva condición de nuestros parientes, fue que había sido el proceso que más la hizo crecer en su vida. Sesenta y tres años, un esposo, cinco hijos, dos abortos, una carrera de lingüista y lo que más la había hecho crecer fue sostener a su papá en sus brazos para poder llevarlo de la cama a la ducha. Todos los días, durante quince años». Cuando el padre decae, uno no es simplemente huérfano, sino sustituto; al igual que cuando Dios abandona al hombre la humanidad no está simplemente sola, sino que pasa a ser su propia deidad.

Sin embargo, ¿por qué *Vivero*, por qué la compra de esa planta? El protagonista la llama Ceres, como el planeta enano o la diosa de las cosechas. Circula un cliché por el que hay más parejas con perro que parejas con hijos; una queja habitual de los sectores conservadores, preocupados por la decadencia de la familia. Pero tener un perro (y más tener un perro con otro) ya es una apuesta por cierta seguridad, la seguridad de ser capaz de dar de comer a tu perro, pasearlo, no dejar que se sienta abandonado, llevarlo al veterinario, tener al día sus vacunas. El siguiente paso al descuido sería el gato, que al menos elimina el problema del paseo y la atención constante. Y el compromiso más pequeño es el que se adquiere con las plantas a las que, aparentemente, los millennials somos cada vez más adictos: casas llenas de Monsteras deliciosas, *Spathiphyllums*, hiedras, sansevieras, troncos de brasil. Plantas que exigen un riego moderado y una atención pequeña, aptas, en teoría, hasta para las manos más torpes y los apartamentos más inclementes; y que, no obstante, se nos mueren permanentemente. O las regamos demasiado poco, por desidia, o las regamos demasiado hasta ahogarlas, en un comportamiento compensatorio que no se sabe qué o a quién quiere compensar. El protagonista mismo se equivoca nada más empezar a cuidar de Ceres: va persiguiendo los haces de luz, para moverla y que esté permanentemente iluminada, y después de unas horas se da cuenta de que las instrucciones de la maceta son justamente las contrarias: «Nunca dejarla al sol directo. La seca. La mata».

Las explicaciones más habituales a este fenómeno abundan en la inestabilidad existencial: cuando alquilas un apartamento por meses o semanas, sin saber qué te depara el futuro, incluso un gato es un compromiso demasiado grande. Y no obstante hay una necesidad de cuidar de un ser vivo, aunque nuestra experiencia nefasta con Pous y Tamagochis no augure un buen destino para la plantita; aunque la idea de cuidar realmente de alguien (el padre) resulte insoportable. ¿Por qué?

Hay dos lecturas posibles, y ambas orbitan en el texto de Ponce. La primera, más pesimista, es la necesidad de llenar de vida los espacios desérticos. Ceres es la única que ha visitado el departamento del narrador. No parece tener demasiada vida social, su relación familiar es tensa y deficiente, no está interesado en el sexo y el romanticismo. Es la misma tesis «sociológica» que orbita en los artículos sobre por qué últimamente todas las casas están llenas de cactus: las plantas calman la ansiedad. Las plantas permiten mantener un ritual que no es tan grave si se rompe (¿qué importa, al fin y al cabo, un geranio muerto pudriéndose en una terraza diminuta?), puede acompañarnos en nuestras mudanzas y desengaños, requiere un compromiso mucho más cómodo que otros seres vivos, especialmente que una persona. Tal vez una planta es el mejor compañero en un mundo caótico como el que Ponce describe, valiéndose de recursos experimentales, reflexiones sobre el lenguaje y la incertidumbre y correlatos fríos pero efectivos. Un ser cuya comunicación es un ruido blanco, un rumor de hojas, lejos de la complicación excesiva de sentimientos y palabras. La segunda lectura posible, más optimista, nos habla del poder indómito del reino vegetal, en el que las cosas pueden estar vivas y muertas al mismo tiempo, sometidas a un cambio constante, a una conexión con el resto de la vegetación que va más allá del individuo. Es precisamente la metáfora de la que se valen Deleuze & Guattari en *Mil mesetas* para pensar en cómo conectarse de forma distinta con los otros, lejos del pensamiento totalitario, persiguiendo esas líneas de fuga que nos hacen comunidad incluso aunque no lo sepamos. Al final, la cuestión nunca es que una planta se limite a sobrevivir (o no debería serlo) sino que florezca. Y en este libro las plantas florecen.

Queda a vuestro juicio, lectores, cuál de estas dos explicaciones es la que habita en *Vivero*, una obra profunda y sensible, pese a su apariencia fría, que ganó el premio de Mejor Obra Literaria del Gobierno de Chile en 2022 y que, al final, se ocupa del que tal vez es el gran tema de la literatura: cómo lidiar con el tiempo y la muerte. Espero que la hayáis disfrutado tanto como yo.

Sara Barquinero

«Perdut acostumo a trobar-te a tu».

—Ferran Palau

Muchas gracias, hasta pronto.

dosmanos

**Lo mejor
está en
el interior.**

Un libro es mucho más que el soporte de un texto, es una ventana al mundo, un objeto dotado de presencia, ocupa espacio, pesa, viste la existencia. Un libro no solo posee las virtudes de la realidad, un libro es la realidad misma, pertenece al universo de lo esencial, es a la vez físico y metafísico, como la piedra, el árbol y la luna. Como ese perro del vecino que ladra e impide que nos abandonemos al sopor de una siesta quizá demasiado larga.

El libro acumulará polvo, nos obligará a acarrearlo de un lugar a otro, nos estorbará en todas nuestras mudanzas, y a cambio nos demostrará que es posible viajar hacia el futuro que un día llamamos *tiempo*. En esa aventura sin retorno absorberá humedad, olores, manchas de café, de vino, de la grasa que impregna nuestra piel de animales sudorosos, de humores líquidos o psicológicos. Con los años sus páginas se volverán amarillas como nuestros dientes, como nuestros huesos; seguirá, por siempre, cambiando.

Buen viaje al futuro,
pequeños tesoros.

dosmanos

of opportunity that night in the church; that moment where I witnessed the incredible stories of loved ones passed. I'm not ashamed to say, I wanted it for myself.

I continued with my development and practised at any available opportunity. It was at that point, I decided I was really invested in the study of angels and wanted to pursue it further. I registered for a diploma in Angelology, much to the surprise of the people around me. Many people thought that Angels had more of a religious affiliation or that the subject was dedicated to a certain creed. However, I took the leap and signed up! It truly helped me and I gained so much from the course. It made me seek out the "Who, How and Why". I had read so much text across many different religious groups. Each group had its own depiction of angels and what they represented. I even found myself reading Latin and Hebrew translations, subjects I had never studied in my life!

It fascinated me and helped me to really understand the power they held. The readings helped me to understand the unseen world and the importance of angels. I learned how I could turn to them for protection and how they could help me to gain accuracy in my readings. When I finally completed my diploma, I was so excited to put everything I had learned into practice. I had discovered how to combine the two worlds into one practice. The knowledge I had gained in my mediumship research and awareness classes was useful in my angel readings. By using the techniques I had learned and by doing more and more readings, my confidence was building each time.

My first official public reading wasn't a simple one-to-one or telephone reading. Somehow, I had ended up in front of an audience of forty people. It was at a local spiritual service which was hosted each week. There was part of me that wanted to challenge myself, but the logical part of my brain told me I was crazy! Who on earth gets up in front of crowd when they have no previous experience?

However, what I did have, was my protective mama bear! Patrick's mum was by my side. She really believed in me and consistently encouraged me. Because she had years of experience, I trusted her implicitly. She said: "Just try one message. If you're not up to it, that's okay."

I looked around the room; all these faces were staring back at me. They were most likely wondering who the hell I was! The church had hosted many different mediums in the past; the majority of which came with incredible reputations. When I turned up with Patrick's mummy, I don't think anyone really suspected I was going to working alongside her. If I'm honest, I don't even think I fully believed it!

I guess I was in too deep at that stage; I had to just go with the flow. I had planned to simply say an opening prayer and watch how it unfolded whilst sitting at the back of the room.

Suddenly, the service was underway and before I knew it, or even had the chance to plan my escape, Patrick's mum had started to introduce me to the crowd. I nervously slid back into my chair and gulped, sweat beating down my forehead, my tummy doing a washing machine spin cycle! The voice in my head was screaming; "What was I thinking? Why did I agree to this?"

Marie asked everyone to send lots of positive vibes my way and explained it was my first ever time in front of an audience. I felt like all eyes were suddenly focused on me. I had no way out.

I could hear people whisper to each other under their breath. It took me right back to being at school, walking through the corridors, being called names and people making comments about me. I felt dreadful, but when I looked at Marie, she smiled, showing her sheer hope and belief in me.

I know it was only forty people, but it may as well have been four hundred people. I was absolutely terrified.

However, it was almost as though a switch went off in my mind. It wasn't that I felt had something to prove, I knew I needed to take myself out of the situation. This wasn't about me; this was about trying to connect with someone's spirit family.

As I nervously stood up, the crowd reluctantly gave a light applause. My legs felt like jelly. I couldn't meet anyone's gaze, so I focused on a spot on the back wall. Looking towards the clock, it felt like the sound of each tick was pulsing in my ears. I closed my eyes and took a deep breath. Within my mind, I called upon spirit and the angels to come forward.

A huge source of heat filled my body. My legs felt

strong. My posture changed. I was standing tall.

All of a sudden, messages began to flow from me. I was immediately aware of a female presence who had joined me. It was an incredible high; something I had never experienced so strongly before. It was as though the gates had opened and all these thoughts and images were running through. I began to see energy around people in the audience. It was almost like a spiritual Sat Nav! Before I knew it, one little spirit link turned into four. I was absolutely ecstatic. To hear this room, which was filled with strangers, validate what I had picked up on, gave me reassurance. Everything I had trained for, every workshop I had attended, every course I joined; it was all coming together. It was the most special evening ever; I will never forget it. I felt like I was so much stronger there than I had ever been before. I'm not sure if it was because there was an audience or because Marie was there, but that night I really felt the love. Despite having such horrible nerves at the start, it progressed to an evening of being able to bring comfort to others.

Because it went so well and following the great feedback, I was invited back the following week. Afterwards, members of the audience approached me, asking me to come to their homes for private readings. I hadn't even thought about that! I was simply trying to overcome my fear and prove to myself it was real; that all the work I had put in was worth it.

Shortly after, I began taking on private readings to help build up my confidence and allow me to practice. It was such an amazing feeling, being able to connect with people; bringing forth guidance and memories that only their loved ones knew. It was, and remains to be, a privilege to work with spirit. It truly shows me that every day is a school day. With each client and each reading, I became stronger within myself. I realised this wasn't about me, but about being open to allow spirit to communicate through me. I was merely a messenger; the middle-man. That's actually where the term "Medium" comes from; it means "in-between"; to be in a state of consciousness which is in the middle of this world and the next.

It was during my practice that I discovered, not only about mediumship, but about myself. I understood the power of meditation and how it could take me from my subconscious mind to that of a spirit person. It allowed me to look beyond and it also gave me the opportunity to look within. I asked myself questions such as: "What is my goal?" and "What is my purpose in doing this work?"

My reason remains the same; it is to heal the mind, to heal the soul and to bring life back to the heart. The impact of loss and grief is a feeling I'm too familiar with. If I had the opportunity to receive some level of comfort, simply knowing that my family was okay on the other side, it would have been priceless. So, I wanted to give something to others. I didn't have that opportunity during my time of need and it became my mission. I devoted my time to finding ways to strengthen my mediumship.

I looked back over my life and memories. I started recalling moments I had as a kid; things like imaginary friends or how I had memories of my grandfather who had passed months prior to my birth. I had known when something bad was coming. My dreams often connected to upcoming events in my life. All the signs were there, but I wasn't ready at that time. I needed to live, to love and to lose. I needed to understand the assignment that spirit had set for me. It was all within me, just waking to be woken. Once I woke up, I never looked back.

I started to gain a small local following and decided to start hosting events. I was really pushing myself out of my comfort zone. Luckily, I was surrounded with a very supportive family and an incredible mother-in-law who was a veteran in this field. She knew how to host these events and was an amazing source of inspiration and knowledge. Things started to build nicely and it seemed to happen very fast. Before I knew it, I was able to go to different towns and host small evenings of mediumship. I must say, in the early days, I had to work in some questionable venues. I understood that not everyone truly knew what mediumship was. The image of mediums had been distorted by TV and film. It wasn't about silly things like lottery numbers or ghostbusters. It was about proving a line of communication and gathering evidence from signs and symbols. As I was trying to secure venues, I was advertised as a form of entertainment. I understood this was my only way in. If I had to perform at bars and clubs to get my name out there, then it had to be done. I wasn't going to moan or complain about it. What good would that do? I knew I was building something and deep down, I knew it wouldn't be forever. I worked my way through the heckling bars and working men's clubs. I noticed that, ever so slightly, the number of people attending was growing. This wasn't about ego; it was about starting to have enough belief in myself to see my worth. By many people's accounts, I wasn't destined to excel at anything. It may have only been a small room with fifty people, but that was fifty people who had seen or heard of my work and had chosen to come and see me. It was an incredible honour.

Locally, the spiritual community was brimming with mediums. This island holds some of the most incredibly gifted mediums. I've been so lucky to have seen them work for spirit or even attend a class with them.

There is one memory that really stands out to me. It was one morning after finishing a meditation. I sat there in bliss, thinking: "This is my life! This is what I'm here to do." In that moment, every ounce of sorrow, every teardrop, every difficult moment felt necessary. I understand it made me who I am. I felt no pity, no pain.

I felt free.

I felt like I had arrived. It gave me the greatest gift of all; it gave me hope. That is what I feel my work can bring to others. We don't know everyone's story. They may have been through something that has changed them dramatically. We don't know where a person is at emotionally. It's important not to judge. If my work can help someone to hold on for one more day, month or year, then I feel I've been able to help in some small way. It helps them to see that the sun will always rise again tomorrow. There is always the opportunity to be present here in this living moment. There is always hope.

I know my work is not a form of therapy or counselling, but it can help many people. Mediumship is just the first part in the path of grief; the beginning of the healing journey. It doesn't end there. You need to proceed on, find your peace and make a little contentment here on earth.

9

Becoming Wyatt

With the work I do, I feel it's necessary to create some boundaries between my work life and my personal life. I often call my work schedule "Wyatt", referring to myself in the third person.

"What's on the calendar this week for Wyatt?"

It's something I decided to do in the early days when I noticed a growing interest in my work and readings. I received messages and calls late at night, meaning that there wasn't a clear boundary between my personal life and my spiritual work. I didn't have the discipline I have today. I didn't want to upset anyone and was so eager to respond.

I would agree to doing a show at the drop of a dime. The only result? My readings not being as strong as they could have been and feeling burnt out.

In this line of work, the only thing you have is your reputation. My name had started to build, almost taking on a life of its own. I wanted to protect what I was building. I started by creating some ground rules. It was risky. I wasn't sure how people would respond. I had been able to witness some incredible mediums who had built incredible careers. I wanted to be strong in my own lane. It was important that I was uniquely "Wyatt"; not a mass reproduction of something that had already been done. I felt I had to prove it to myself. If I was going to create a business and a career of this, I needed to work from my heart and do things a little differently.

I made the decision that I would no longer offer home visits. It was something that I didn't really enjoy! To be honest, my anxiety was on a whole other level. I enjoyed the readings of course and I also appreciated the opportunity to connect with people, but I found it a little gruelling at times due to my anxiety and poor health. It felt a little bit like being a slot machine of readings.

I also realized that before I arrived, clients would be rushing around tidying, getting themselves stressed for a guest entering their home. The atmosphere would leave us feeling a little disconnected and sometimes took away from the whole experience. I wanted to give it my all and I couldn't do that if I was anxious or in pain. If I arrived at a client's home and was met with a flight of stairs, it would be a physical hardship before I even started! Small things like this felt like signs from above, telling me it wasn't what I was supposed to be doing.

After debating it back and forward in my mind for a while, I decided to stop home visits altogether. I felt it was best to offer readings on the phone or in my home. It worked well because I could dedicate certain days to seeing clients in my home and then be finished up in time for dinner. Thinking back to how it all started, I was sitting at my kitchen table with small groups of two or three people. I enjoyed being in my own space. It meant I was in my own territory. If I was having a difficult day health-wise, I could simply recline in my living room and see the clients there instead. It gave me a bit more comfort. Most of my clients came by word of mouth, people who had been to one of my events or via friends who had been to a private reading. It began to feel like I couldn't keep up with the demand. It was a little daunting at times. You see, in this world, you're only as good as your last reading. For each person you see, they will tell at least three other people. I definitely felt the pressure to deliver each time. Of course, it not humanly possible to be 100% accurate all day every day, but I placed a lot of unnecessary expectations on myself. I was so hard on myself and would sometimes analyse my readings that day, wondering if I could have got more information. Was it good enough? Did it truly help? I didn't see the point in exchanging money if it wasn't worth it. I know this might not be the most business minded point of view, but for me, it's about more than the coin, it's about what it means to me.

I did love the anticipation; not knowing who would be greeting me at the door each week. Sometimes you'd get a text from someone called Jessica asking for a booking, but on the day of the session, a six-foot man named Jim would turn up on the doorstep. I got used to it after a while. It made me giggle. Some clients went above and beyond to hide their identity. I found it funny because we would eventually meet on the day of the reading anyway!

At times, I was met with scepticism which I found completely normal. If a person comes with preconceived ideas about mediumship, it can be very difficult for them to change their point of view. It's not my place to push my opinions or beliefs on anyone. I'm not here to change anyone's mind, but I'm also not here to have mine changed. It took me a while to understand that what someone thinks, feels or says about me, is none of my business. It's not a reflection on me or my work. It says more about them than me. When I say I don't care what people think about me, I do care - as long as they care enough to know who I really am. However, if someone choses to simply pass judgment without knowing anything about me, then I don't care about that. I used to want to defend my case, but that's pointless. People will make up their own minds. If you can see past all the misconceptions about mediumship, then I believe you can see the real me.

Sometimes I come up against people with strong religious views. I always try my best to respect other people's religious beliefs. However, over the years, I have heard it all. I've been called many names, from "Devil Worshipper" to "Cult Leader" to "Senseless Scammer". One time, a lady threw salt and holy water outside the venue I was working in. She referred to me as "Doubting Thomas."

You can't allow it to affect your heart. You need to understand the bigger picture. It's not personal.

It's not about me. It's about the person in need. These individuals have somehow found their way to me. Some of the experiences I've had, have led me to strive to change the way I did things.

I wanted to be taken seriously. I didn't want to be some freak show, having fun poked at me. I wanted

Mediumship to be about having a voice, being a channel. I wanted people to understand that you don't just pop someone in a microwave for two minutes and they come out a medium. It takes time. It takes heart, grit and determination.

It's not an easy task, speaking to a room full of strangers and giving information about something they can't see or feel. You must rely on your bond and the strength of your connection to spirit.

I began working only from 9am to 5pm, Monday to Friday. I made the move from playing at lots of small venues to hosting one larger event. During a deep meditation, one of my guides told me: "the people who need it will come." I had to trust in what I had heard. I began to book hotels and theatres instead of pubs and working men's clubs. I wanted people to see the hard work that goes into it. To me, it was a way of removing the novelty factor and lack of appreciation. I felt a huge responsibility to give it my all. I felt that the people who were supposed to meet me, would find me. It was a huge risk. I wasn't very well known. There were so many other people with larger followings and bigger names. I wasn't sure if I would regret the move. However, in the back of my mind, I kept hearing:

"The people who need it, will come."

And they did.

Slowly, I witnessed the progression. My following began to build and the demand was there. I truly felt so amazing. I was so glad I had trusted my intuition. It was starting to pay off. It was during this time that I started building my social medium platforms. It was another way to connect and reach out to people outside of my home town and country. I posted on my page about angels and mindfulness. Occasionally, I did little mini readings for followers. This slowly turned into a regular thing. It also allowed me to do readings for clients remotely on video call or FaceTime. It enabled me to really expand and gave me the encouragement that I could work anywhere, with anyone.

Language and culture have no limits with mediumship. I often say to clients: "You will always recognise your own people." No matter the background, culture, creed or language, you know them. It's a feeling. It's that familiar smell of home. The aroma of your grandmother's favourite perfume. It's that song you hear which instantly takes you back to that special moment. It's that smile. It's the hope that we live on.

I have been so blessed to work with spirit. It has given me so much. Not only has it given me a life back, but it has given me a livelihood - something I thought I would never get again.

Things began to grow. At times, it felt like it all happened so fast. I began to feel the pressure to meet the demand. I knew I had to set a clear intention. I needed to ensure that people realised that an interaction with me is not a puppet performing on a string. I am only human. I have a life. Yes, work is a huge part of my life, but I'm more than just a medium. I couldn't communicate with spirit 24/7. After years of development, I learned about boundaries. I realised I wasn't able to communicate with your deceased loved one whilst bumping into you in the supermarket aisle. Like everyone else, I was just in there to buy bread and milk!

As my work grew, a part of me shifted. I felt I was losing a little bit of my identity to my work. I wanted to rectify that as soon as possible. Some people only saw me as 'Thomas the medium' and not 'Thomas the person'. I had to place them differently in my life which I found incredibly hard. I certainly didn't want to remove anyone from my life, but I had to draw a metaphorical line in the sand between personal life and work life.

Some people had a distorted view that I was some sort of "Yellow pages for the spirit world"; that I had a direct line to spirit and could whip them up in an instant. It doesn't always work like that. I needed to make it clear that when in work mode, I would work for spirit until the information flowed out. After that, I needed my own personal space. It saddens me to say, but some of my newer friendships faded away when they didn't get what they want – be that a reading or some sort of insight. It was disappointing at the time, but it made my boundaries so clear. It really gave me the clarity I needed. From then on, I decided to surround myself with good energy. As a medium, an empath or spiritual person, you can be extremely vulnerable to the energy and intentions of others. I had to ensure I was capable of holding the fort on my own.

As my following started to grow, things began to change. All of a sudden, a simple thing such as a quick trip to the shops became a game of whispers. People were looking at me, wondering if it was me - the medium they had seen at an event. It was so strange. Most of my life, I had been a silent figure who no-one noticed. Now, it seemed as if people were staring and talking about me. They weren't saying anything bad, but I did feel a bit like a display item in a bargain bin. It was uncomfortable at times. Needless to say, I became a bit reclusive. I stopped having clients in my home for private readings to protect my privacy. Some people had started to turn up unannounced at my door, wanting a reading. It seemed like the lines were blurred. Let me make it clear; I'm not saying a swarm of people were chasing me or a line of paparazzi were waiting outside my house! However, there was too much attention and a heavy dose of sensationalism. That type of thing just didn't align with me. At that point, I had started to gain a lot more clients outside Northern Ireland. Many of my appointments were being done remotely for people in the UK and USA. It felt like it was the best direction for me. It also felt like a natural progression for my work, affording me a little privacy and separation from work.

When lockdown hit, thankfully it wasn't too much of a shock to me. Because I was already working remotely, I simply switched from FaceTime to Zoom. It was actually better as the zoom link could be sent via email and I didn't have to share any personal details like my telephone number.

The majority of my client base was coming from other countries. I needed to be easily accessible online so I began working hard on my social media, developing my profile. Things really began to take off. One day I realised I was actually fully booked for months ahead! It showed me that a small online evening of mediumship was just as effective as traveling to a neighbouring town. Given the position of the world when the pandemic hit, it was such an unsure space for so many people. The one thing I was certain of, was that I still needed to be connecting and bringing comfort to those who needed it. I had established myself enough by that time. My name was respected. People who knew of me, or my work, knew I worked from my heart. They could tell I wanted to give them my best.

In order to become "Wyatt", a part of Thomas needed to step aside. I needed to create a brand; a truthful identity and image; to market myself. I needed to put everything I had learned to good use.

And I did.

I managed to gain a good level of following. It gave me the opportunity to showcase mediumship in a more conversational manner; to eliminate fear and misunderstanding. You see, to truly connect and become a universal messenger, your personal point of view is irrelevant. You can't have strong political or cultural views. That would only segregate you and prevent a person coming to you for help. It's about creating a judgement-free zone so that each client feels comfortable.

When I joined the "Friends of Derek Acorah Project", my audience grew dramatically. It opened so many doors and allowed so many people to see me. The "Derek Acorah Project" was run by Derek's wife, family and his team. It was a tribute to the man that had given decades of his life to others, all in the aid of spirit. It was both an honour and a privilege to be involved. I was so excited when they agreed to let me join. I remember stumbling across an online live-feed of one of the mediums working there. I managed to connect with one of the mediums who explained the process and advised who I should contact about joining the team.

Looking back, it was a very bold move.

I don't know what come over me, but I sent the message without thinking twice about it. I explained how I would love to be part of the project and asked if they would consider me. Each of the mediums were hand-picked by Derek's wife and the team. It was an incredible honour for them to give me a position there.

I remember being a kid and watching "Most Haunted" with my mum. I remember thinking how spooky, yet fascinating, it was. I had no idea that years later, I would get to work on his memorial page to keep his legacy going. I loved the concept his wife had created. Simple, but true:

"Do It For Derek."

His page had such love and a true heartbeat to it. You could instantly tell this was something she believed in. Having witnessed his incredible career and being by his side all those years, her dedication spoke volumes. She simply wanted the spirit; the healing and the help, to live on. Her devotion to her husband's memory truly shines through. She has created an incredible lasting tribute and embraced the cycle of life. Whilst starting a new chapter with the project, she embraced the past and his memory. That's a powerful message. I have so much for respect for Gwen and I feel privileged to call her my friend. Since joining the team on Derek's page, Gwen has been so kind and helpful. She has actually sent a lot of opportunities in my direction and I've been so fortunate to get to do some amazing things, thanks to her recommendation.

When I become "Wyatt", I don't necessarily lose Thomas. The two can now co-exist, but with mutual respect of each other. It may sound strange, but it works. I often laugh and say I'm like the "Hannah Montana of Mediums". I get to do all these incredible things; share these incredible stories from spirit, then finish up and have a normal evening with my family. I like the idea of closing the office door. That symbolises: "Wyatt's work is done for the day".

It gives me a little freedom from the pressure of always having to be on my A-Game. It lets me have a healthy balance. I understood that all I could do was 'give what I got'. I could only 'say what I seen'. It's a bit like that catchphrase in the television show: "Say what you See."

You find the connection if you work without ego. If you believe in what you do, trust in spirit and trust the evidence you're receiving, you'll find the connection. Spirit are incredibly intelligent. They always find a way to get their message where it's needed. I've learned along the way that you don't "become" spiritual; you simply are. It's a fact. Mediumship is like a three-way phone-call to the angels.

While I may have believed I was becoming Wyatt, I really became myself (or at least, who I was meant to me). This path is not for everyone. It may come into your life unexpectedly, but once you hear the call of spirit, it's something that remains with you. It becomes part of your being; your soul. The calling becomes your purpose. It may change direction from time to time. The avenues to spread the message will adapt to the world around us, but Spirit will always remain. When I started out, the thought of doing something so publicly didn't really seem like a good career choice for me. It turns out, I was right. I didn't choose this life; it chose me.

I saw the light; the tiny glitter of hope through a creak in the door. I became curious. My life began to unfold before me. I may have felt lost at times, but Spirit knew that this chapter of my life would start. I can honestly say, I never foreseen this. I just knew, deep down, that I was working towards something. At each stage, I got a little closer to the end goal. I have truly evolved in the years since "Wyatt" was born. You can call it the power of God or the Angels, but to me, it was the power within. My own spirit. The willingness to want. To seek more. To find answers. To understand.

My work doesn't bring forth the meaning of life, but it showcases the memories; the blueprint and footprints of the souls who have departed. It allows each of us to feel one step closer to who we long to be reunited with. I view my journey, in becoming "Wyatt", as the true essence of me. It was me pouring my life, without any measurements, into a little treasure box. It was something for me to call my own; a gift to share and to help others.

I'm now more content than ever with the person I am. We all have flaws and things we want to work on, that's part of life. None of us hold the key to perfection, but isn't it worth trying? Trying to find your voice, your reason for being here. Or at the very least, to truly become one with yourself; with your own heart and with your own soul. It is my belief that we must first lose.

We must first experience loss and in doing so, it creates a fighter. It creates a flame. It created "Wyatt".

10

The Student Becomes The Teacher

With each new venture my work has taken me to, one of my highlights was when I began teaching. It has become an absolute passion. My work has been so good to me, allowing me to meet so many amazing people and connect on a human level. However, I discovered a brand-new interest when I began receiving messages from people asking me if I held any classes or courses.

At the end of my live shows, we sometimes held a short question and answer section. Many of the questions related to mediumship guidance. Students wanted to understand some of the things they had experienced and how to handle the contact they had received. I also spoke to friends who were fellow mediums, offering ideas and recommending things that had helped me.

I began to crave additional projects as well as the readings and live demonstrations.

It felt like a natural progression, moving into the area of teaching. I was able to share some of the things I had learned over the years. I must say, I was met with a little resistance from certain people in the spiritual community. Perhaps they felt I hadn't paid my dues or been working long enough as a medium. After all, I had taught myself in the beginning and had only really done a handful of classes and workshops. Perhaps they thought I hadn't had appropriate training. I'm sure my age also worked against me. In the eyes of an elder, how could someone so young have anything to offer?

I won't lie, it was slightly painful at first. It made me doubt myself at times. We all have that inner critic who's just dying to come out and push us down. I hadn't taken a conventional route. I wasn't trained up through a church, hadn't attended the Arthur Findlay college or sat in a development circle for years. However, I made the decision to move past the fear. I truly felt I had something to offer.

Just to be clear, I have nothing against any of those conventional means. I actually think it's a beautiful way of learning. I respect it whole heartedly. However, I felt that I was at a time and point in my life when I had truly found my mediumship path. In the process, I had discovered me. I was battling my physical health issues, not really knowing what one day to the next would bring. I was also battling my own mind, suffering with a variety of mental health issues.

Sadly, without really taking the time to know me or to ask me any questions, many people assumed I had nothing to offer. I began to hear a few whispers regarding the subject. I must say, sometimes I must come across as a little naïve. I simply choose not to judge people before I get to know them.

Years ago, if someone had been critical of me, that would have stopped me in my tracks completely.

However, in later years, it became like a fire lit underneath me. I thought: "Well! I'll show you! This is what I can do and what I can offer!"

When I had first started reading and researching, I found many things complicated. Of course, it was new and I needed time to understand it. I think my dyslexia played a part, as well as my lack of school attendance. However, I tried to simplify the process. I created my own way of learning which made it easier for me to retain it in my memory. I felt I could definitely help others. I wanted to create a meaningful, effective way to understand mediumship. I also ensured it was accessible to everyone.

I had kept all my notes and journals from when I started my own journey. It was such a nostalgic feeling looking back over them. I began to go through everything. I also wanted to incorporate what I had learned from my angel study as well. So, I started creating little exercises and devised a lesson plan. It was actually really exciting to see it all come together before my eyes.

I began by simply hosting small intimate workshops for around ten to twelve people. It slowly built from there. As the word spread, more people made contact, asking for training with me. I began to realise that over half of my time was focused on teaching. I didn't notice it at first because I was enjoying it so much. However, due to the demand and continued interest, I began running more classes. I ran a six-week awareness class. This gave the opportunity to study the foundation; to understand how this worked. After the six-week block of study, many individuals progressed to a weekly development circle. I continued to work in person as well as remotely. I visited different towns, hosting workshops and classes. It continued to build.

It's a truly incredible feeling, watching a room full of strangers starting off; unsure of what to expect. By the end of it, you can see the bonds develop. It's a gift to watch the shy person, who's unsure of why they came, leaving with a huge smile on their face. The students were learning, not only about psychic study and the mechanics of mediumship, but they also found their voice. Having support from like-minded people, they gained the strength to stand up and deliver a message.

I truly enjoy this part of my work. It makes me think back to the beginning, when people believed in me and gave me encouragement. Now I understand why they did it. I can see the heart in this part of spiritual work. Like a parent, you become protective towards the students in your classes. You want nothing more than to see them shine. I look at it like this: I believe this world is filled with spirit. Therefore, we need more messengers of spirit. I firmly believe there's enough spirit to go around. The more individuals who practice mediumship, the better.

It's not my place to recruit anyone, nor do I attempt to. However, if someone is curious about it and wants to learn, I simply say: "At least give it a try. You have nothing to lose. If, upon completion of the class, you feel it's not for you, then at least you'll know it's not for you. You'll still have learned about yourself."

I believe that each and every one of us has the natural ability to be psychic. Psychic energy is the earthly vibration. It's the here and now. It's the potential of what's to come. How many of you have walked into a room and thought: "Oh dear, I don't like the mood in here!"

How many of you have dreamt about something, only to discover it happened later? That gut feeling; that's a natural psychic ability. Most people put it down to coincidence or simple chance.

Psychic ability is best explained in a more scientific manner. Everything is energy. Everything has energy; good or bad. A person's ability to pick up on the frequencies of that particular energy is dependent on how much they use that part of their brain. It's a bit like being a singer: if you don't use your voice, you would lose the ability to sing as well as you could.

Your psychic senses are known as **"Clairs"**. Psychics use four main **Clairs:**

Clairvoyance means: "having clear seeing"; seeing through the third eye (located between the eyes). Clairvoyance is when someone sees flashes or images (similar to a movie in their mind) of what is happening in the past, present or future.

Clairaudience is the second Clair. It's clear hearing; someone who hears information with the mind, not the ears. It's telepathic information coming into one's mind. Sometimes people will hear this as a regular voice as if someone is speaking to them.

Claircognisance is clear knowing; it's knowing information about something which they previously wouldn't have known. Thoughts come out of nowhere, popping into one's mind, giving information.

Lastly, we have **Clairsentience.** This is the ability to have clear feeling, strongly feeling information within oneself. An example of this would be if someone is having an anxiety attack and the clairsentience person feels this in their own chest. There are many more clairs, such as smell and taste. These are the psychic muscles to work on, to help build and strengthen your connection. It's the ability to observe energy, of either your environment or a person, simply by sight, sound, thought or feeling. We do these things every day without realising.

When it comes to the true mechanics of mediumship, the best way to explain it is through the power of mental mediumship. Thoughts are power and energy. When working in a mediumistic manner, you're attempting to raise your own energy and vibration. Your connection is made through your subconscious mind to the mind of the spirit person. The signal is made through signs and symbols. They are how you build your evidence. The tool of meditation is such a powerful aspect of this work. To completely surrender and allow yourself to sit within the power is an incredible feeling. It allows you to take that connection deeper.

The things I have learned in my journey have helped me to connect and give accurate guidance, but it has also shown me who I am and what I'm capable of. If you ever feel lost or misunderstood, it's important to know that maybe, just maybe, there is more to this life than meets the eye. If you can look beyond and truly have a belief in something higher than yourself, you will gain the ability to see this world for what it is and the beauty that lays around us. To truly gain sight of life and one's self, you need to first give in and accept who you are. What you have achieved or are yet to achieve, is irrelevant. It's about being in the present moment and experiencing life for all it has to offer. Yes, at times it may be difficult. Life can come with hardship and sadness. However, the lessons that we gain through these trying times can help to create a better version of ourselves - but only if we seek to do so.

If you sit each day, complaining about your life and how awful it is, yet have no plan of action, no fire, no motivation to change it, then you'll remain in that position forever. If you choose to stand up and be counted, even if you have to stand alone, that power is your strength. That's your spirit saying: "I'm ready and know what I want."

Be assertive, be bold and be you! Don't apologise for it. If you're a good person, that's what matters. People may judge this work, but upon reflection, how many of them could do it? How many of them can say they took a chance on something? How many persisted even when people told them it wasn't real or that it wouldn't work?

You have every right to expand. That's what I love about the teachings and principles of mediumship. It allows, not only an opportunity to commune, but an opportunity to truly discover what's out there. In my eyes, that's a beautiful thing. Some people may call it a gift, but to me, it's a blessing.

I truly love being able to play a small part in others developing their mediumship. That is why I created Wyatt Academy. It's where I host all my training. I have students from all over the world including Canada, New Zealand, America, England, Scotland, Wales and, of course, Ireland. I now run multiple online and in-person courses throughout the year and travel to a variety of towns and centres across the UK and Ireland. I offer beginners classes to help with foundation steps that are needed to develop as a Psychic or medium. I educate people on the differences between the two. I also offer intermediate and advanced classes, showing techniques on how to gain more awareness and encourage stronger ability. There are so many different types of mediumship and there's an avenue for everyone. Some people don't know yet where they fit in. It's so important to show them we have many different realms and levels of mediums.

There are platform workers who demonstrate mediumship on a platform at a spiritual church or at live events. There are Channel healers, who provide spiritual healing for mind, body and soul. There are mediums who focus on trance mediumship, which is when a medium allows a spirit to work through them directly. The spirit takes control of the body, mind and energy of the medium, to a varying degree. It may be spoken or written communication (known as automatic writing). This happens when the consciousness of the medium steps aside. It is one of the deepest levels of mediumship and truly amazing to witness.

There are a few select mediums who have harnessed the ability of physical mediumship. Physical mediumship refers to a seance, where the presence of spirit manifests in a physical form. It can be in the form of Ectoplasm, which is an energetic material used by spirits to manifest themselves. It can be interaction with the physical world: objects spontaneously moving or certain sounds, such as knocking. International Medium Scott Milligan is an example of this type of work. He hosts spiritual seances across the globe. The list is endless. I believe that the person who is meant for this path will always find their light.

It's truly an amazing feeling to watch a student grow from strength to strength. I'm really proud to say that many people I've had the pleasure of working with over the years, are now out there, working in their own right, having built their own name. They've created a beautiful path of healing for their clients. This has made me so proud - not only because I've played a small role in their journey, but I've also gained so many amazing friendships. We all speak regularly and have even worked on a few events together. It's such a magical feeling, watching them shine.

Not every individual that takes my classes will want to become a working medium. Sometimes their reasons for attending are more of a personal journey. It can often be about healing themselves or simply gaining the gift of confidence. It may simply be a way to feel close to their loved ones and understand the signs and symbols from above. For many people, it's about what they can gain from having a spiritual tool kit. It provides them with a little guidance on certain situations that may arise in their lives. It's a way to find out what lies ahead. Essentially, it's about taking back the power in one's life.

If I can give just one person an ounce of goodness this work has given me, I will have fulfilled my purpose and honoured my commitment to spirit. We're all from a variety of backgrounds and each of us has a unique story. However, the goal of spirit is to unite and heal in any way you can. If I can do that, even in a small way, then I have done my duty.

11

"That's My Daddy"

Cohan's Story

I've had the privilege of hosting events at some wonderful venues. I love the atmosphere and each one is so unique. By the end of a two-hour show, it's heartening to watch people, who were once strangers, join together. They are not just united by communal grief, but by love, memories and healing.

I always say that people don't come to see me. They come to see their family and friends; people they wish to connect with. As much as it's my face on the poster, it's really not about me. If I viewed it as a popularity contest or even viewed myself as crowd puller, it would taint what it's really about. I don't believe people would come to the show if I was like that. In my opinion, one of the worst personality traits is someone who feels entitled or expects praise. That, to me, is such an uncomfortable feeling. Personally, I believe that whoever is meant to be there, will be. If Spirit has a message for you, you will always receive it. I believe you will always get the reading you need and not necessarily the reading you want. This is something that can confuse people and means they miss out on an opportunity to receive.

I've been lucky to communicate messages for so many individuals who have crossed over. By this point, I would say I've done thousands of readings, either online, one-to-one or while on stage. I've been able to experience so many beautiful souls who have blessed me with their presence and entrusted me with messages to their family and friends. It would be impossible to remember each and every connection from the other side, however there are certain connections which have truly touched my heart. They have affirmed, not only my belief in spirit, but my faith in mankind. Witnessing the compassion from others and seeing the instant support for an individual receiving a message is priceless.

Every single connection has meaning for me and I'm grateful to bring forward each message, but one of the most memorable moments took place at one of the in-person shows.

The day started like any other. Before a live show, I have a few practices that I do to prepare myself. I began meditating, preserving my energy for the night ahead. Due to a combination of nerves and adrenalin, I ate very little that day. If I eat a heavy meal before a show, I feel weighed down and sluggish, so I don't eat much before an event. It's a habit I haven't yet been able to break.

This particular show was a Halloween special. At each event, I always try to ensure we have a few prizes for fans in the audience. We had a few themed hampers to give away, as well as some readings and Wyatt merchandise. The crowd began to take their seats and my nerves began to build. Before I knew it, it was time to start. It was a slightly larger audience that evening. The staff had been rushing around, trying to find extra seating to accommodate everyone. I really felt the pressure to try to reach as many people as possible. I began working with the audience and bringing forward messages. My live shows are done in two halves to allow the audience a short interlude, but also to give me a short break. When I work, I use a lot of energy. It can take a lot out of me, physically, so I need a few moments to sit and rest.

As we began the second half, I looked out towards the audience. Suddenly, I heard: "That's my daddy!"

I stopped, cold. I actually felt a bit faint. I struggled to get my words out. I began sweating and could hear my heart palpitating in my chest.

All I could hear was this voice. I couldn't tell yet if it was a boy or a girl. It was so sweet and light. They said those words again: "That's my daddy!"

With the words ringing in my ear, I tried to regain my concentration. I was standing in front of almost two hundred people. I didn't want to faint on stage.

Sometimes, Spirit comes through very strongly and wants their presence known. It can take a moment to adjust to the energy. It's not something to be scared of; I just wasn't expecting it.

As I looked out at the audience, my eyes were drawn to a man sitting a few rows from the front. Due to the lighting, it almost looked like he had a spotlight on his head. Sometimes I refrain from going directly to people as I don't want to startle them. However, I had an overwhelming urge to speak to this man.

I listened intently. As I looked within my mind, I could see the small figure of a little boy. He spoke with so much excitement and joy. In his small voice, he said: "Thomas! That's my daddy!"

My heart raced and my mouth began to dry up. I felt so light headed and overcome with emotion. I wasn't sure if I would have the strength to get the words out. I felt like this huge wave of pain had entered my heart and stomach. I remember gripping my stomach. It felt like it had been kicked!

I addressed the gentleman in the audience: "Excuse me, sir. May I come to you for a moment?"

This triggered a shocked and uncomfortable reaction from him. He nodded politely and in a shaken tone, said: "Yes..."

From the moment he spoke, I was locked into his entire being. I could feel every emotion. I could feel his nerves building. My stomach lurched and my eyes flooded with a tsunami of tears. I struggled to get my words out. I began to shake and stutter. It felt like I couldn't breathe.

Finally, I said: "Sir, do you know a little boy in the spirit world? He keeps telling me: 'that's my daddy'."

With just that one sentence, the man yelped and cried: "YES!"

He was completely shocked and his head fell into his

hands. His wife was sitting next to him and she tried to console him by wrapping her arms around him. "It's okay, it's okay," she whispered, as she wiped the tears from her cheeks.

I was not expecting such a strong reaction. The atmosphere in the room was so still; you could have heard a pin drop. Everyone was so engrossed in them.

I truly believe two things happened that night. The first, was that I was overly emotional, simply due to the fact that a beautiful little boy had come through. I always found it incredibly difficult to communicate the memories and evidence of Spirit children. The thought of a little child not being able to live a full life really tugged at my heartstrings. The second, was the realisation that this incredibly brave man had held his emotions inside for so long. I can often feel how this affects a person physically. I know that what I was experiencing that night was due to this man having held his own pain and grief in for so long. I had no doubt I needed to work with him. I tried to centre myself; to take myself out of the picture and remember that I was simply the vessel; a messenger.

This beautiful little boy simply wanted to speak to his daddy. With one more wipe of my tears, I asked for this man's permission to continue.

"Yes, please," he said.

As I waited for this incredible soul to build, the little angel began showing me tiny footprints and handprints; a symbol from spirit that not only had a child has crossed over, but in actual fact, a baby.

I knew I needed to take care with delivering this communication.

I said to the man in the audience: "You understand this little boy was just a baby when he went to Spirit? I'm seeing tiny handprints and footprints."

"Yes!" he replied.

His wife, who was holding him close, echoed his conformation: "Yes."

I knew that this soul had grown in spirit. I felt he was no long a tiny baby, but an infant, around two or three. This little boy whispered in my ear, almost encouraging me.

"I'm three."

His voice resonated with me, as though it was a familiar sound I had heard before. I knew that wasn't possible, but I felt so connected each time he spoke. This made me increasingly emotional, but I continued and was determined to do my best. I could hear the name Daniel coming through.

"Who is Daniel please?" I asked.

The man in the audience said: "That's me! I'm Daniel!"

Everyone in the audience gasped, not just in shock, but in joy. They observed how emotional the man was and how much he needed to hear this. The audience were right there with him and his wife, willing them forward.

When I commune with Spirit, I don't always know what piece of evidence has meaning or what it means to the person in front of me. However, Spirit had given me this man's name to validate the soul and provide an evidential connection. As I dived deeper, this little boy began to show me memories of his life and some of the moments after his passing. He showed me that he was only a little baby boy when he was here on earth. I kept seeing lots of clinical settings and hospital environments. I felt this was the location where he passed and his parents confirmed this.

In the memories he was showing me, I couldn't quite see his face. He was so very tiny. As he appeared in my mind, he showed me a memory of being covered with lots of tiny tubes. No doubt, this was the equipment that was helping his breathing and providing nutrition. His heart was so full of excitement to be connecting with his family. His pure innocence was beautiful. He told me that the last thing he heard was his daddy's heartbeat.

He showed me that when he was taking from this world, his father was holding him on his chest. This was a private moment that he wanted to share with his dad. I felt that, due to his health, this might have been the only time his father may've gotten to hold him. He wanted his parents to know that although he was small, he knew he was loved. He knew that his family had fought so hard for him, but due to health complications, he didn't survive.

He kept showing me the number four. I asked if there was a connection to the number four; perhaps the fourth of the month or four weeks?

His parents replied, saying that he only lived for four days.

I was so shocked, I felt like I had instantly been winded. This amazing mother and father, who were seated together hand-in-hand, had endured this indescribable loss. It's a heartache no parent should ever have to face. Their little boy had only lived for four days.

The little boy, named Cohan, kept showing me a beautiful rainbow over and over again. His parents confirmed this had a huge significance. For his memorial, they had chosen to have a rainbow engraved on his head stone. He then showed me a prayer card with Archangel Michael on it.

I asked if the name Michael meant anything to the family. They told me this was actually their little boy's middle name. I then heard the words: "I'm an angel, like Michael."

It turns out that the family had also lost a relative named Michael. I believe Michael was there, looking after their little boy on Spirit side. When Cohan's mum was carrying him, she prayed to God and the Angels (Archangel Michael, in particular) to keep her little baby safe.

He showed me a little set of bicycle wheels. I wasn't sure if it was connected as this little baby was only a few days old when he went to Spirit. However, I asked: "Would you know why your son keeps showing me a set of bicycle wheels?"

"Yes," they replied. They told me that his older brother

had completed a charity cycle to raise money in his brother's memory. The whole room was filled with emotion. It was like thunder erupted. There wasn't one person in the room who couldn't feel this incredible little boy's heart shine through.

I was so shocked. If I'm honest, I was really taken aback. I thought to myself: "he may be small, but he is mighty!" I couldn't help but feel a sense of pride for him being so strong and coming through. He wanted to communicate. He was grateful he was still a part of the family and included in so many ways. He knew his memory lived on.

It not only amazed me, but it gave me such a sense of unconditional love; how one tiny soul could captivate a room filled with strangers. The only thing he wanted to do was to let his family know he was safe.

People often ask me how a baby can communicate if they never had the chance to speak on earth. The answer is simple. It's not just about this life, it's about the life beyond this one; the after-life. The soul continues to progress and gains purpose on the other side. Yes, the concept of time is different there, but our spirit family continue with us each day, as this little boy proved.

He kept showing me 11:11; a very strong angel number. I noticed this and started to relay my interpretation of what this may represent.

That's when his mum spoke out. With tears streaming down her face, yet with a smile, she said: "He was born on the 11th of November!"

11:11

I was completely floored. I couldn't stop smiling. He had brought that vital piece of evidence through. He also described, in detail, a teddy bear that was bought for him; it was a blue bunny and had stripes on it. He spoke about his blanket; that his mum would smell it and hold it tight to feel close to her son. He gave his name, Cohan, and his brother's name. It was so powerful.

I said: "I want to send your son's love and blessings to you and your entire family. Please know he is with you always. He's only a thought away."

I asked the audience to please thank this amazing family. Together, in standing ovation, they clapped to honour this family and to honour his memory.

It's a moment that will forever remain in my mind.

It's my firm belief that no matter how long or short a person's life, it is still a life. Life is precious. Where there is life, there will always be love and love is the one thing that can unite. Even in our most vulnerable moments, Spirit is guiding and protecting us.

After the show had finished, I had the opportunity to speak with the couple. I hugged Natalie and shook Daniel's hand, expressing my deepest sympathy for their loss. I could never fully understand their pain as I wasn't a parent myself, but I deeply empathised with them. I thanked them for allowing me the privilege of working with the spirit of their son.

It was at that moment, Natalie told me she had actually

had a reading with me previously. I do so many readings each week, that it's difficult to remember them all. The connection with Cohan was so strong and focused so directly on his daddy, that my mind didn't piece the two together.

Natalie said that the connection at the live event was so much stronger than the one she'd had online, expressing her gratitude and how much it was just what they needed.

Daniel told me he had been a complete sceptic. He had only attended that night to keep his wife happy. He certainly wasn't expecting to see or hear anything that would change his mind. Having watched the first half of the show, he still wasn't too sure what to think. However, having received direct contact from his son, it changed everything.

For me, it wasn't about him believing in me or mediums. It was his belief in spirit and his understanding that his little boy was truly there, giving him personal and detailed information. I feel it gave him hope and helped him to heal.

I admired their bravery; to remain united under extremely emotional conditions. In my opinion, that is the true heart and soul of a warrior; a person who can lay their heart on the line and open up to an unknown world. The family informed me that they had set up a number of charitable causes in their son's memory to help other families who may've gone through similar things. Even through their pain, suffering and deep grief, they found a tiny ray of hope; a reason to keep going and be there for other families with this difficult bereavement.

I may be an Angelologist and I have felt the presence of the angels' light and protection, but on that night, I had the privilege of communicating with a True Angel, whose name was Cohan. I will forever remember his story and I'm incredibly honoured to share it.

Cohan's mother Natalie and father Daniel gave me permission to share their experience in their own words.

Natalie

Both Daniel and myself have had readings from Thomas. It's strange how they fell into place (the good kind of strange). When I had my reading with Thomas, I had been struggling for a while to find a medium I felt drawn to. That is, until I stumbled across Thomas on a Facebook live and was instantly drawn to his energy. I never told Thomas, but I was feeling nervous at first because I was desperately hoping to hear from my little boy. However, as soon as the reading began, I immediately felt as ease. Thomas has a very calming presence about him.

After chatting a little, Thomas became emotional. He said he had my little boy in spirit with him. The accuracy of the messages Thomas was relaying to me was undeniable. How we knew, even before birth, that he was a very poorly baby. Amongst the messages Thomas had from Cohan, he was adamant on passing a message to his daddy: "Tell my daddy I love him. He's struggling and very overwhelmed".

Daniel had never been to a medium and he struggled massively with his grief. He's very much a "man's man" who keeps things to himself. But Cohan's message was very clear. I think that was the only thing Daniel needed to hear to persuade him to visit a medium.

The night that Daniel had his reading, the song that was played at the beginning of the show was the song I sang to Cohan from when I was twenty weeks pregnant. That's when we found out how sick he was. The lyrics of that song "don't give up on me" just stuck and I sang it to him every day until he died.

What were the chances of his song being played on the night he came through to his daddy? The whole lead up to that night and how it happened – it gives me goosebumps every time I think about it.

Daniel

When Natalie told me what Thomas had said during her reading, I was taken aback. The words: "tell my daddy I love him" was enough for me to push past my scepticism and fear of the unknown.

Thomas had an event the following week but the show was sold out. The day after Natalie's reading, Thomas shared on Facebook that he had added more seats. A sign neither of us could ignore!

As we watched Thomas relay messages to the audience, the accuracy of the information he was sharing was so strong that my sceptic opinion began to sway.

And then he got to Cohan.

It was the second last reading of the night. Thomas paced the stage, repeating the words: "I don't know if I can do this. I'm not strong enough."

I'm not sure if it was a parent's instinct or because the energy in the room had changed, but it was as though we could feel the emotion and energy Thomas was feeling. It was so strong. Before Thomas spoke a word, I knew he had our little Cohan with him.

I looked up and as I did, Thomas pointed to me and asked: "Can I work with you? I have your little son here and he's saying: 'that's my daddy, that's my daddy'."

At that moment, I broke down. For three years, I longed to hear the words "Daddy" from Cohan. I somewhat accepted that I never would. Even though it was through someone else's voice, I got to hear those words.

He then proceeded to ask who Daniel was. That's me. I didn't need any more proof. However, he didn't stop there. The evidence grew stronger and stronger.

"I'm no good with these Irish names," he joked. "Caodain and Cohan."

Caodain is his older brother.

"And who's the princess who rules the roost? It's her world, you just live in it."

That made us laugh, because it's true. Even when Cohan was in hospital, Eliza was trying to feed him a yogurt. He was only 24 weeks gestation but she was adamant he could eat it.

Cohan's birthday was coming up and Thomas said: "He's giving me the number three. He's coming three?" He was right.

He mentioned 11:11. That was Cohan's date of birth. It's fitting that those numbers are also angel numbers.

The night was filled with fact after fact. From special gifts Cohan and his siblings have, to identifying the very pattern and colour of the bears. But the most heart wrenching, yet beautiful, message we received was Cohan explaining how I had held him on my chest. And that he got to hear my heart beating. It was the only time I got to hold him whilst we waited for him to pass away.

As a parent, you never stop worrying about your children. Are they safe? Do they know how much we love them? Well, the same applies even when your child has died. You wonder where they are, if they're safe in heaven. You wonder if they can hear you when you speak to them, if they know how much you love and miss them. The wondering and unanswered questions are the worst.

We will be forever grateful for the signs that led us to Thomas and for the invaluable comfort his readings have given us. With people like Thomas who is so evidently gifted with mediumship, you sometimes get the opportunity to have those questions answered.

Cohan
11/11/19 - 14/11/19

12

The Power of Mediumship on Screen

"Big Den"

How I work and how I reach people has certainly changed over the years. I went from seeing a few clients at my kitchen table to connecting with thousands online. I've been so touched by all the love and support I've received over the years. Everything happens so fast in the modern world and as a result, I often work online. It's amazing to connect with people from all over the world. You never know who might pop into a live stream! I love the randomness of it. There's no pre-order. It's now, it's live, it's "Go" time!

Each and every time, without fail, Spirit continues to surprise me. Spirit shows me the power they have to connect with someone in another part of the country or another part of the world. I dedicate a large amount of my time to giving free online mini readings for my followers. I feel it's important to give something back. I also understand that everyone's circumstances are completely different. Some people may not be in a financial position to afford a one-to-one session. Alternatively, they may not be able to travel to an in-person session due to lack of transport, ill health or disability. If they can't come to me, I think it's important I can go to them, at least in remote form.

I offer a variety of services on my page, including pendulum readings, photos from heaven, live angel readings and mediumship connections. I've had the privilege of experiencing connections whilst live on screen during my free sessions on my Facebook page. I select people at random and go to where I'm drawn. I ask viewers to simply type some words into the comments; like Angel or Spirit. I then see who I'm drawn to. On many occasions, I invite people to simply hop on their camera during the live stream. When they join me on screen, it's always lovely to see and hear the person. I feel this makes it that little bit more special. It allows viewers to be interactive with the reading. On one such occasion, I had a memorable moment with "Big Den".

I began my live stream, saying hello to everyone and welcoming them. I made a few announcements about upcoming events while people were joining the live. I wanted to wait until as many people had arrived before I offered a free mini card reading or spirit link.

That night, the energy was particularly busy. It felt like there was a herd of spirit people queuing up to talk to me. It became like 'reading roulette' or 'mediums bingo', with no idea who would appear on the screen next. After doing a number of readings for viewers, I heard this man singing in my ear. He had a deep voice and a hearty laugh. His energy started to build while his connection grew. He began showing me memories of his life before his passing. I was then joined on the screen by a beautiful lady named Caroline. I explained about the male in Spirit who kept using the word "legend".

"Do you know about a male presence in the spirit world that people would refer to as a "legend"?"

"Yes," Caroline replied.

I kept being made aware of the ring finger. I felt it might have been a connection to her partner or husband. Caroline mentioned that she had an ex-partner who had passed, but that was a long time ago.

I attempted to decode what this man in spirit was showing me. I heard him yell out the name: "EMMA! EMMA!"

I asked, "Who is Emma?"

Caroline replied: "Emma is my niece. She's actually watching this right now!"

I then began to get more information from him, finding out about his personality from his cheeky chap manner. He was a funny guy with a great sense of humour.

"Tell her it's Den! Denis! Big Den!" he told me.

Caroline confirmed this was actually Emma's father who was in spirit.

As his connection grew and strengthened, he started to show me images within my mind's eye. Depending on the soul and who is coming forward, the spirit sometimes works within the mind of the medium, showing images and pictures, almost like a film reel. It happens fast and frequent. I gazed within, trying to understand what I was being shown. I wanted to respect the lady on the screen, but I also needed to trust what I was seeing. Things began to unfold and images started to appear. I could see the man's face building slowly in front of me. He had an oval shaped face with a ruddy complexion. His eyes were piercing through a pair of glasses. His smile was beautiful, with two small dimples. His lips were thin and his hair was light, almost white.

I took inventory of this before relaying it to Caroline. She was then able to confirm his appearance.

I could see he was clean shaven and didn't have a beard or much facial hair. Looking at his build; he was a broad man and carried a little weight. He kept saying: "I'm big boned, son."

There was a huge smile on his face and I just felt such a warmth to his personality. I felt he had a strong, caring nature but he also had a little cheeky, mischievous look in his eyes. I could tell instantly that he was a bit of a character. He wasn't in the slightest bit shy. He expressed himself every now and then by giving a loud chuckle in my right ear. He also dropped a few swear words. He said he didn't want to be on his best behaviour or his family might not recognise him! I found myself getting a little giggly with his energy. You could tell he was just such a good laugh and would have been great company.

He then began to share details about his life and

memories. He showed me the month of June on a calendar. Caroline confirmed that this was the month he sadly passed away. Going by the placement of his soul, I had the feeling that he was truly felt very content and settled. I felt strongly that he had passed a few years by this point; perhaps three to four years. As raw as his family's grief seemed to be, I knew he hadn't passed recently, due to his feeling of contentment and freedom.

Emma's father was a little hyper. He was obviously just so excited to have the opportunity to connect. It was as if he had grabbed the microphone and wanted to share as much as he could. My heart raced with an overwhelming excitement and joy due to the fact that his family were here on screen and he could reach them.

He continued to work with me, sharing memories about his life. He knew that Caroline was Emma's aunt, but said that she was also like a second mum to her. He wanted to express his gratitude to Caroline. Not only had she helped Emma but she had been there for the entire family after his passing. He shared evidence about his working life; how he worked nightshift (or as he called it: 'the graveyard shift'). Caroline explained that he was a taxi driver, often working late at night.

I had an overwhelming feeling that he had passed very unexpectedly; that his passing was abrupt and they weren't expecting to lose him so soon. I mentioned that although I felt he didn't have picture perfect health, I felt this was still a very unexpected passing. He then kept showing me a light switch going on and off. On and off is a symbol from Spirit to show that someone has had a quick passing. They may have crossed over abruptly or unexpectedly. The reference to "Lights Out" communicates when someone goes to sleep and doesn't wake. I felt strongly that this man may have passed in this manner. The symbol kept going round and round in my mind.

This strong father with a loving heart was here and he wanted to be heard. He didn't want to be remembered for how he passed away. He felt that that was only a small part of his life; not his full story. He had lived a full life, created many memories and raised a large family. He didn't want the way he passed to be his family's lasting memory.

The reality is, that the painful memory of how we lost our loved ones, is in fact the raw and difficult memory we are left with. Sometimes it leaves such a mark that it's embedded within us. At the end of the day, we are only human. Our grief will always be linked to the memory of how we lost someone.

However, Emma's dad didn't want this to be the case for his family and certainly not for his little girl. His wish was that he simply wanted peace for them. It was as if he knew how much his death had devastated his family. In many ways, he was pleading his case, trying to let them know that he was safe and well.

"Please, don't allow any more time to be wasted."

His love shone through. I could feel my heart race, mirroring how he wanted to say everything at once. It was so rapid and fast. The words had already left my lips: "Don't think of me for how I go."

A simple sentence with truth and love. Words that had more meaning than I could ever imagine. The power of a father's love. A son, a brother, a husband. The love was pouring through. He felt the loss and emptiness that his passing had brought. The silence that had been placed within his family. No more noise, no more sound. This was a memorable man; a legend in the eyes of people who loved him. In his mind, it was his duty to ensure his family were safe and at peace. His determination was that of pure heart and mind. His family might have thought he had gone soft. He flipped his script and began joking with me: "This is mental." He hadn't given mediumship much thought in life. He was almost in disbelief it was real. I could hear him chuckle and say: "I would've said I wouldn't waste my money on that!"

He added: "If I behave too well, they won't recognise me!"

I could hear his laugh echo in my ears. It was infectious. I couldn't help but giggle. It really showed his character. He was a good man; hard-working. For fear of being thought of as too sensitive, he quickly back-tracked to his familiar jovial personality. I found it so heart-warming.

He had such presence and quick wit. I observed to Caroline that I felt he had a dry sarcastic sense of humour at times; that you really had to get to know him to understand his jokes. He would have been known for his unruly humour.

"Yes," she smiled. You could see her eyes glassing over

as she pictured this incredible man in spirit, as though all their memories flashed before her eyes.

He told me he'd never really believed in mediums, or in his words: "Mystic Megs". I felt that, for most of his life, it wasn't something he ever took an interest in. However, towards the end, he had actually become a little curious about the whole thing. He wondered how it all worked and had watched a few supernatural shows.

Caroline explained that he had watched a few programs, such as John Edwards, and gained a little interest in it, not long before he passed.

Today, he wanted to be heard. He wanted to thank his family for sticking by each other. He had entrusted Caroline with this message because he knew it would reach his daughter Emma and the rest of the family.

I watched as he slowly faded out of my mind. He blew a kiss and stepped back.

I asked Caroline to take his love and pass it on to where it was needed. I thanked her for joining me and taking time out of her evening to have a mini reading on my page.

It was afterwards that I got the opportunity to meet with both Emma and Caroline. It was at an in-person event I was hosting. Emma expressed her gratitude for her dad's message. She said she knew why I got the giggles during his message and why her dad kept laughing. It turns out that Emma was also watching the live stream that evening, but she couldn't take part because she was in the bath!

She laughed: "I almost drowned! Ha-ha!" The three of us giggled about it.

She explained that her Daddy had died from a massive heart attack. He went to bed and passed in his sleep.

She told me that she had really needed that message from him. She explained that he had never came through before. She said that it had given her so much hope and really helped her. I was overjoyed. I felt so privileged that she took the time to speak to me and that she had benefited from the communication from her Dad. Her father was her hero. The man, the myth, the legend: Big Den.

Before writing this, I wanted to get Emma's consent to share her dad's story. I feel it truly demonstrated the power of mediumship on screen. If Spirit have a message, they will seek and find a messenger until that message is delivered. I wanted to ensure I conveyed his memories and personality to the best of my ability, as though it was my own father. I feel Spirit deserve the respect. They work extremely hard to come through. I feel it's my duty to ensure a clear deliverance; to make sure their message is communicated as authentically and lovingly as possible. Respecting, not only the Spirit person's life, but the family that's left behind, I am humbled to include this short depiction of an incredible man. I hope that in some small way, this will add to his memory; creating a lasting tribute. In years to come, his children and grandchildren will be able to read about him and feel close to him. They may take comfort in his strength to get his message heard.

Emma wanted to share a short message about the experience in her own words:

What can I say about the big man himself: "Big Den" - my amazing daddy, who is missed every single day since he left this earth.

My daddy was sixty-three years old when he died of a massive heart attack. He often joked about dying; he said he would make sure he was the talk of the town. He also said that he would die in his own bed. Well, he got his wish.

He was an extremely popular character. To this day, people still describe him as a legend. He was a busy family man with eight children! There are six girls and two boys in our family. He was also successful and ran his own taxi business in Banbridge for over thirty years. There was nothing my wee daddy loved more than to laugh, joke and have a giggle with everyone. Dad was the taxi driver who escorted kids with additional needs to and from school for many years. The children he helped were so fond of him and absolutely loved to see 'Big Den' coming. They knew they were in for a treat as he'd have Hugo Duncan (or uncle Hugo) blaring at full volume. Daddy sang to these children, joked with them and knew their care plans like the back of his hand. Most of all, he loved them like his own and never missed a day collecting them. He has left such a big hole in their hearts. Everyone that had the pleasure of knowing my dad, have the fondest memories.

Jack of all trades… master of none!

On the day of his passing, to our knowledge, he woke up that morning feeling totally fine. He progressed to get on with his day normally. It was later that evening; he went to bed in a huff. Typical man, he sometimes did this when he didn't get his own way. My two children and I were leaving to go home. I sent them upstairs to say goodbye to their granddad. Mum asked me to go and check on him.

"No way!" I said. "When he huffs with you, he huffs with all of us! He'll be okay."

That night, my phone rang with the most devastating news. My sister was crying down the phone: "Can you get here as soon as possible? Daddy is dead!"

My heart sank. I couldn't believe what I was hearing. I was hysterical. All the questions came flooding into my head.

What if I had checked on him? Would I have noticed he was unwell?

What if I had stayed over with the kids? Would I have been able to save him by performing CPR? This is something that haunted me from that day. That is, until Thomas connected with him. He told me that it wasn't my fault and there was nothing I could have done to save him. It was just his time to go.

I have always been a "daddy's girl" and I always will be. He was my rock, my daddy, my hero. I love and miss him every day, from the minute I open my eyes to the minute I go to sleep. Thomas, I can never thank you enough for the messages. I will cherish every word until

I meet him again. You clarified so much for me. I no longer blame myself for not being there as I know I couldn't have done anything to change the outcome.

All I can say is: I had the most incredible reading from Thomas. This happened to be through a third party, my amazing auntie Caroline. Caroline was the one to receive the message from daddy, however it was meant for me. Thomas revealed information that he couldn't possibly have known; my name, my nickname, Daddy's name, his job, the month he died and so much more. My daddy was a character who would have done anything to make someone laugh and Thomas brought him through so incredibly. I couldn't respond properly or come on camera as I was having a relaxing bath. However, Thomas' reading was so accurate that I became overwhelmed. I knew I needed to have a 1-1 reading with him. My family and I are so very grateful. My Daddy's message gave us so much comfort and so much peace. He died in his sleep with no warning. He was adamant that he wanted to be remembered for the good times. This message stopped me feeling guilty for not being there and stopped me questioning myself. There was nothing I could have done. Thomas, you will never know just how much good you have done for me and my family's mental health. The message will forever mean the absolute world to all of us. I will hold every word so close to my heart forever. Thank you from the bottom of my heart, Thomas Wyatt. Those words will never be enough for the comfort and peace you have given me.

And just like that, we get to witness the power of

mediumship on screen. This is simply one of hundreds of stories of families I have worked with. I'm so proud to have had the chance to share this with you. It shows that it doesn't matter where we are in the world or who we are; if there is a message for us, we will always receive it. No matter how a person passes, their memory will live on. It's comforting to know our loved ones watch over us and check in with us. It's a beautiful gift and something I will always cherish.

Dennis O'Neill
1953 - 2016

13

Paranormal Activity

My work has been a merry-go-round and rollercoaster; inspirational evidence from spirit and breath-taking connections with loved ones passed. At the risk of repeating myself, I love my job!

However, the title “medium” comes with its own assumptions. Many people think I have “other-worldly” affiliations. They imagine I'm some sort of “Ghostbuster” they can call when they hear bumps in the night. Many people believe that I spend my evenings capturing ghosts or performing exorcisms.

Honestly, I don't.

I firmly believe that you should align yourself with light and strive to work only within the light.

Many clients have contacted me over the years, telling me that they feel an unusual or unsettling presence in their home. I always try to reassure them. It's probably just the presence of a loved one passed, trying to communicate or sending a sign to let them know they're around.

In the early days, clients asked me to perform a spiritual cleanse in their home. They pleaded with me to remove any negative energy. More often than not, I discovered that it was someone from their spirit family being mischievous or making themselves known.

Yes, at times a home can be clogged with a lower vibration and energy. However, I have found that this is usually related to the individuals who live there. It could be due to their personal circumstances or difficult life experiences. Sometimes it's simply a manifestation of their own energy which projects into the environment.

I do believe in 'Good', but where there is 'Good', there is 'Bad'. Where there is light, there is dark. It's the universal cosmic balance. I've read many transcripts in different languages from different sources. I understand what the actual personification of 'Evil' is. Evil is an entity; a force. In Latin, it's simply called "Malum".

We have all seen how mediums are portrayed in movies and on television (shows, I may add, I have really enjoyed!) However, the perception of my work is often completely wrong. It's portrayed as a mockery of Spirit; a gag for cheap thrills. In my opinion, it doesn't represent the true essence of Spirit; the souls who remain in limbo between this world and the next.

I have a huge amount of respect for individuals who investigate suspected haunted locations. These shows, in my opinion, bring a huge amount of credibility and expert scientific evidence. However, some of the more modern shows have a missing element. That missing element is 'The Medium'. A medium can share the experience, the feeling, the heart of the spirit. However, someone who is just lugging about a flashing, beeping box, cannot.

When it comes to the paranormal world, our empathy is reduced because these spirits are viewed as "Ghosts".

For many people, their mind switches to a cliched version of a long-faced porcelain ghoulish face wandering the corridors of an old abandoned castle.

However, these souls deserve dignity and respect. After all, the Spirit is still someone's mother, child or friend. It's completely inappropriate to provoke these loved ones passed, simply for the thrill of a scare. Isn't that best left to the movies and the fictional world? I certainly think so.

I've watched and studied many incredible Paranormal mediums. Lorraine Warren and her husband Ed are best known for exploring famous haunts in history such as "Amityville Horror" and the "Enfield Poltergeist". British television icon Derek Acorah, is known globally for "Most Haunted", "Ghost towns" and many more. Marion Goodfellow is an inspirational International paranormal medium whose work and career scans the globe. She is best known for one of my personal favourites: BBC's Northern Ireland's "Greatest Haunt". The list goes on. I actually worked with the beautiful Marion Goodfellow and we remain very close friends.

When it comes to paranormal work, I do things a little differently. For me, it's about what I can pick up. I then allow an independent historian to confirm or deny the information. It's about the way things are conducted. I do not partake in touting or attempting to provoke a Spirit to get a reaction. For me, it's an opportunity to commune, to understand the soul. Why are they here? Is there something I can do to help? I just take a different approach. In my mind, it's the human approach. I must be smart and understanding. I must protect my energy at all times.

Over the years, I have carried out various paranormal jobs such as cemetery walks, spiritual seances and overnight investigations. I'd like to share one of those stories with you. So, tuck yourself in and get comfortable. Oh, and you might want to keep the light on… just in case!

Northern Ireland has some spectacular settings acclaimed for spiritual phenomenon activity. My friend Michelle, who is also a medium, had researched places to explore. We stumbled across some reports about an old abandoned manor which was located about an hour away. After reading some chilling accounts, we decided to check it out for ourselves. We grabbed a few essentials like water and a packed lunch, joking that if it wasn't as scary as people proclaimed, at least we'd get a picnic out of it.

Following directions from the sat nav, we pulled over, but all we could see was woodland and trees. "Great!" I thought, sarcastically. "It's been torn down!" Thinking we'd had a wasted drive, we pulled up. Taking a closer look, we wondered if it was a little further down the road or if we had simply missed it.

As we went on, we could see a tiny stone path covered in dirt and moss. It wasn't visible from the main road. We thought it might have been at the end of this faded and disarrayed path.

The more we walked, trying not to slip, we spotted the house. It had been caged off. A huge wire fence surrounded the property. It had at least five acres of land, with the house standing in the centre. It had been vandalised and damaged. The lawns were overgrown and the windows boarded up. Some of its features had surrendered to the elements, yet some had managed to survive. It was so captivating, like walking into a time machine. It wore the mask of a house that time forgot, but it was as though something within was calling out to us! No words or sound, but a gravitational pull.

I was a little nervous. I didn't want to get stuck and I wasn't even sure we could get into the grounds. It appeared to be caged off and closed. However, we took our time, slowly walking towards the right, looking for a gate or entrance. A "Do Not Enter" sign would give us an indication of where we needed to go!

It was one of those rear days in Northern Ireland where we actually had sunshine. It had turned into a very hot day with the temperature sitting nicely at around 32 degrees Celsius. As I chugged some water and wiped the sweat from my forehead, I heard Michelle shout with excitement.

"LOOK! LOOK!"

Michelle was pointing towards (what appeared to be) the original entrance to the manor. One could only assume it was the entrance. It was just the shackles of what must have been huge cast iron gates. A firm reminder of times passed, you could really picture the gravity and scale of how they must've looked all those years ago. They appeared to lead to a drive way, a direct path to the house. The frame of the gates was there, but the gates had been completely removed.

"Is that our invite, do you think?" I asked Michelle.

She laughed. "After that hike - I bloody hope so!"

I struggled to get my breath, giggling about how unfit we were. We made our way towards the driveway. It was an old gravel drive which had been neglected and filled with rubbish. Weeds were sprouting through. No doubt, a car or vehicle hadn't driven upon it in for many years.

It was the land that time had forgotten.

As we reached the house, the magnitude of this incredible space was right in front of us. We just stood and gazed, taking it all in. This was the definition of a "house that has good bones". A home, built over one hundred years ago, yet still standing tall. Yes, it had suffered the weather and in parts, looked in disrepair. However, I found it incredible to be in the presence of this once-grand mansion. Located on the coast, it had such history and boy, you could feel it! It was as though the house was a warrior, standing proud. Despite all its wounds and need for repair, it remained unmoved. The manor, defying time, held on to its foundations, keeping its roots here on earth.

We scanned the grounds outside, taking in the incredible view. In the glorious sunshine, it felt like the house was endless. You reached what you thought was the edge, only to find that it wrapped around.

The doors and windows had been covered in boards. Some had actually been bricked in to keep from being vandalised. At the rear of the property, the roof of a sun room had been long destroyed. A wild overgrown tree burst from its roof with no safe point of entry.

This crumbling Victorian mansion was originally built as a grand summer residence. Throughout its long history, it had been a stately home for wealthy industrialists, a military hospital and a convalescent home. It was built around 1878.

As a summer residence for the elite wealth of that era, it had large wooden bespoke doors leading to large banquet halls and magnificent drawing rooms. In its time, there would have been around sixty rooms and acres of land, some of which would have been transformed into scenic gardens.

We took a few photographs before deciding it was probably best to call it a day. There was no access so we thought it must have been condemned or permanently sealed off for safety reasons. Making our way back, we passed the Victoria Gothic ruins of what used to be a porch. It was then that we noticed a doorway. I hadn't spotted it before. It was such a huge property. Perhaps, with the sun in our eyes, we had simply overlooked the door. As we approached the doorway, we saw two doors which were lying wide open; one of which was tipping over, hanging on by a depopulated hinge. I clutched Michelle's arm and we both entered the doorway.

Suddenly it became ice cold.

On what was a beautiful hot sunny day, entering the house was like arriving in a foreign land. We were struck with an ice-cold chill. We could see our breath as we exhaled nervously.

Clinging on to each other, we proceeded forward. An enormous long hallway was filled with broken furniture. The walls were damp and plastered in graffiti. With each step we took, we could get a glimpse of how this house would have looked in its former glory. Despite the moulding and scraps of wallpaper, it was mesmerising. The house had its own set of rhythmic sounds, from bumps to shutter sounds. It was incredibly spooky, but it was almost like that's what it wanted; to scare away unruly people who may want to harm or destruct this once beautiful manor.

It did feel as though you were being watched or followed. It was a little unsettling. Michelle and I strongly believe in the power of The Angels, so we surrounded ourselves with white light. We asked the angelic beings to keep us safe from harm. We chanted softly:

"On this day and on this hour, we call upon the angelic power. Bring us the safety that we seek and keep us near and dear, For within your light. we are never weak."

As we gathered courage, we let go of each other's hand. We made our way into one of the large rooms. It was the full length of the east side of the house. Divided by archways, it seemed endless. The floor was damp, cracking and crumbling below our feet. Looking up, you could see the last few remaining pieces of a chandelier, warped by broken floor boards and heavy beams which were penetrating through the ceiling. An old fireplace, now filled with bricks, was surrounded with a cast iron mantlepiece. You could still make out some of the detailing that had been originally wheeled into it. It was like stepping back in time. Due to the sheer size and majestic regal atmosphere, it was a lot to take in.

My eyes started to strain. Except for the cracks in the shattered walls which broke the darkness, it was difficult to see everything. We used our phones as torches and continued to explore, checking in with each other if we'd gone out of sight.

"Michelle? You good?" I called.

"Yes, all good," she replied, her words laced with conviction, reassuring me that she hadn't been kidnapped by the Ghost of Casper!

As we made our way through the manor, passing the rubble and obstacles, we became increasingly aware of the presence of spirits. However, there was so many, it felt like a choir of souls. Spirits from different times and eras were passing through, all aware of each other. It was as though white noise flooded our ears.

Without realising it, we had stumbled across, what we believed may have been, a wet room or accessible showing facilities. With the manor having been used as a convalescent hospital, this seemed to fit the narrative. It was a long, cold, tiled corridor, like a huge white porcelain tunnel. Only the holes in the roof allowed light to reflect on them. We noticed a few metal trolleys which looked like traditional medication trolleys. By the looks of it, they had been ransacked by previous visitors. As we walked on, we suddenly realised, this wasn't a wet room, this was a morgue!

At this point, I felt truly unsettled. An unusual smell infested my nostrils. The smell was too uncomfortable so we moved on to the next room. The manor was so enormous, we were still on the ground floor! We passed through a small room which was most likely used as an office or nursing station.

We could still hear the rumbling of the house; sudden noises, creaks that echoed across the rooms, rustling of birds who had nested in the rafters.

We came across a staircase, which, no doubt impressive in its day, had been demolished by storms, leaving only a few steps and spindles behind.

Suddenly, a noise came from nowhere, building, getting louder and sounding like it was coming towards us.

"If it's a rat, I'm OUT!" I shouted.

Michelle laughed nervously. "Shush, listen!"

We focused on the sound, trying to get an idea of what it was. Suddenly, it stopped! Everything went silent!

I giggled with nerves, half-expecting a large feral mutated rat to come out of thc woodwork, eating me up and dragging me into the pits of hell.

Yes, a dramatic thought!

But with being in an unfamiliar environment and my

adrenaline heightened, all sorts of irrational thoughts were running havoc in my mind.

As we turned away, suddenly the noise started again.

We both let out an enormous scream!

There was a girl standing in front of us.

By the look on her face, I'm sure she was more frightened of my high pitch yelp than anything this ghostly manor had to offer!

Either by chance or fate, we had stumbled across a lone investigator. Her name was Jenny and she visited various locations that were supposedly haunted. She was dressed in black and carried a back-pack and an EVP reader.

She explained that she had got the train up to spend the day exploring. A huge supernatural and paranormal fan, she loved all things related to it. She clearly had no fear of conducting these searches alone.

As I tried to reclaim any last threads of my masculinity, I cleared my throat and explained that Michelle and I were mediums.

She invited us to join her, explaining that she'd been to the property before and had explored both floors. She had just finished her investigation upstairs and had scaled down a pole attached to an old staircase. It was enclosed in one of the housekeeper rooms and was a separate staircase used for chamber maids and servants many years ago.

We exchanged views and discussed what we had seen or

heard. We then decided to set up a small seance in one of the drawing rooms. This was one of the rooms that we felt had the most activity. We knew there were so many spirits around us who wanted to communicate.

Michelle and Jenny set out some small pieces of filming equipment. They hoped to capture some footage and maybe even some audio. I placed myself in the centre of the room, just a few feet from the girls. I said a prayer to the Angel and began to call upon spirit.

"Is there anyone here?" I called.

The irony wasn't lost on me. I knew the scene resembled something out of a movie script. I decided to change my approach. In a calm voice, I said: "My name is Thomas. Would anyone here in this space like to communicate with us?"

I asked Spirit to make a sound to acknowledge they were here; a tap or a knock on the wall.

The room was silent.

I had an eerie feeling. It was as though my call had sent all the spirits rushing for cover. I tried and failed a few times before becoming frustrated. Instead, I asked Michelle to call out.

The girls had their cameras pointing towards me.

I noticed a small fog-like residual energy building behind me. I could clearly see orbs and energy passing through me and around me, although they were reluctant to communicate.

Like something out of one of those Ghost hunter

shows, Jenny blurted out: "Just fucking show yourselves!"

"NO!" I explained to her. "That's not how it goes!" I told her that it wasn't a good move, nor was it respectful towards the spirits. Her outburst caught me off guard. I was about to tell her politely that if she couldn't be respectful, then we would have to end the séance.

However, before I had the chance to have my moment with her, we all heard, as clear as day, a deep, gravelly voice saying: "Noooo."

Instantly, we knew Jenny's comments had upset this spirit. He had such rage. A very dominant reaction. His authority poured into the room. In my mind, I could see a man in uniform. He looked like an older gentleman, aged somewhere in his sixties. He had a bristly beard and moustache. I felt so tiny next to him; like he was towering over me. This was a man of power and privilege. He was not overly excited to have us in his space. I tried to remain calm and have a confident tone. I apologised for the comments and said: "We are not here to disrupt or disrespect anyone. We are here to communicate."

I then asked: "Can you tell us your name?"

I could feel his rage and anger so strongly. He was disgusted by our presence.

Michelle asked the same question: "Can you tell us your name, sir?"

The moment she finished the last syllable of her sentence, he said: "LEAVE!"

The EVP reader began to blink frantically.

I started feeling ill. It was almost as though he didn't respect women. It became clear that he didn't feel women were worthy enough to speak with him.

My stomach began to churn and I felt lightheaded.

I needed to assert myself. *This is my body - my vessel – I'm in control of it!*

That he did not like!

Michelle kept being made aware of the name John. She said the name out loud.

In a panicked voice, I said: "He's pulling me! He's pulling me!"

In an effort to control me and display his dominance, the spirit of this man started pulling me from behind. It wasn't a slow motion. This was like an invisible tug of war which would only have one outcome and one winner. He yanked on my shoulders and pulled me back, almost knocking me off my feet!

Michelle stamped her foot. In a maternal, protective tone, she said: "No Sir! Do not be aggressive!"

This simply pissed him off altogether!

It felt like we had awakened a force within the house, but I was not about to be a sacrificial lamb!

If we hadn't captured it on video, no-one would have

believed us!

We felt it was best to stop.

I felt like I had become something of a play toy for him. I wasn't willing to give up my power. In my view, light will always prevail over darkness.

When a person crosses over to the spirit world, they don't suddenly become an almighty angelic being. If someone is abrupt, rude or cruel in this life, they will still have those personality traits in the next life.

We cleansed our personal space and also the room, inviting in the light and blessing the space.

Mediumship has many different roles. For the safe communion of spirits, you need a medium who will hold the torch. If it was just Michelle and I who had conducted the séance in a peaceful manner, perhaps we might have managed to get a little more from him.

Spirit deserve respect. You should never do these things alone or without previous experience. You need to know how to protect yourself and those around you. This unknown soul may have simply acted in a protective manner. Whatever time period he was from, perhaps women didn't have much of a say. All of these factors have to be considered.

Before you run off trying to hunt for ghosts, please be smart. Be respectful and don't aggravate any spirits in the process!

Otherwise, you might get more than just a bump in the night!

14

A Mother's Love

"She's My Baby Girl!"

My whole life, all I ever wanted, was to make my mother proud. The bond we had was so special. After her passing, my life felt like a cycle of uncertainty and constant struggle. I missed out on having her guidance and love while growing up. I never got to watch her grow old.

If friends complain about their parents, I gently remind them to count themselves lucky. Not all of us are that fortunate. I understand family politics can be tough at time, but I believe any issues can be talked through. I always urge people to cherish every moment – one day they'll just become memories.

The moment we lose someone we love, our mind becomes consumed with fear; fear that we might forget the sound of their voice, the touch of their hand or the scent of their perfume. It becomes our mission to remember. In a desperate attempt to feel connected to them, we search through photo albums, trying to find the treasures that will lift our hearts and fill our memories.

There is no rule book for life and there's certainly no rule book for grief. We can only do the best we can and find little ways to keep our loved one's memories alive.

It might be a piece of their jewellery that we cherish or perhaps we keep their memory alive by passing down a family name. Each of these beautiful gestures creates a thread that links to their memory. It sparks conversation about them, including their memories in our everyday life.

It's no surprise that since my mother's passing, everything I do is for her; to make her proud, to keep her memory alive, to make me feel close to her.

When I'm working with spirit and I receive a connection from someone's mother, I feel that emotion very deeply.

In simple terms, I understand what that loss is like. I know what it can do to a person; hearing that one final heartbeat from the person we love and adore. It can derail an individual, changing the trajectory of their life. Not a day passes where we don't think of them.

As stated in previous chapters, my work is very much built on memories. As a medium, I disclose the memories of departed loved ones. More often than not, when I connect to a spirit person, they will try with all their might to communicate as much detail as possible.

In an attempt to relay their memories and experiences, the spirit world works with my own memories and draws inspiration from fragments of my own life. Reliving a moment you had with a loved one passed, is truly special. It's much more special than hearing a simple name or date. Those things are incredible if they come through, but to be transported back in time to a moment you shared is a truly magical feeling. I feel it can be more memorable and impactful to the individual who's receiving the message. Our memories rest within us; they aren't something that can be shared online. It gives the individual a sense of unwavering validation. It is their person, their loved one, who is communicating with them through the power of a medium.

This next story is dedicated to an incredible woman in the spirit world; a mother, a fighter and a true earth angel. Her story stood out in my mind. Her unbroken determination to reach her daughter shows the strength of a mother's love. It shows how, even when a loved one has passed away a long time ago, they can still enlighten the hearts and souls of those who remain.

It was a brand-new year and the start of a brand-new set of live shows.

I was back in my hometown, kicking off events for the year ahead. On this particular night, it was incredibly busy. The room was jam-packed. I don't think we could have fitted in another seat if we tried. The pressure was on!

I always want to try my best for people who have taken the time to come see me. I feel it's important to communicate as much evidence and comfort as I can.

I began by welcoming everyone and explaining how I worked. I played a short piece of music. This allows me a few moments to prepare myself to work. During the song, I call upon spirit. I bring my awareness forward to connect with the spirit persons wishing to join me. It was during this moment that I felt the presence of several ladies. It was almost as though I could hear two female voices in my head. They were encouraging each other to step forward.

In my mind, I heard a woman say: "She's my baby girl!"

I knew I had a lady wishing to communicate first. However, when the music stopped and I started speaking to the audience, a second lady drew close.

"Okay, who's going first?" she asked.

I now had two incredible women, each of whom were willing to let the other go first!

I began making connections to individuals in the audience. It was following the first connection, that this lady came back.

"I'm Mummy," she said.

It was so empowering that the show was being kicked off by mothers in the spirit world. This was the second motherly presence that had made themselves known to me.

I began to work with her. She started showing me images in my mind. I could see her so clearly. She was a slim, petite woman with locks of rich, dark hair. Her warm, olive skin had a beautiful complexion with not a blemish in sight. Her eyes shone like deep, dark brown galaxies. She had the most beautiful smile; so youthful and free.

I told the audience that I had a Mama-bear in Spirit. I described her beauty in detail, noticing her youth. This lady could only have been mid-thirties. Practically perfect in every way, she was the vision of an Angel. I became aware that she felt extremely settled and content. I didn't feel she had passed recently as there was longevity with the placement of her soul.

"This girl has been gone for some time," I explained to the audience.

The incredible vision of this woman then began to alter in my mind. Her expression began to change. Her eyes lost their sparkle and appeared to be lined with tears. Her smile was no more. It was almost as though a dark cloud of sorrow had turned up unexpectedly.

I instantly felt a deep, scorching heartache. An overwhelming sadness hung in the pit of my stomach. My head felt heavy, as though there was an incredible pressure building. Thoughts began to race back and forth in my head. Instantly, I knew this girl had her fair share of troubles.

I could sense her anxious thoughts and fearful emotions which I communicated to the audience. Immediately, recognising the information, a young female in the second row put her hand up. A microphone was passed to her and as soon as she said: "hello", this mother's entire energy kicked in. It was as though she had been waiting to hear her daughters voice and was determined to speak to her!

She began to draw closer. You could sense the love and

devotion for her daughter. As I looked across to this young female in the audience, it was like looking at a mirror image of her mother. They were almost identical. I was so taken aback!

She had the same skin tone and the same hair. Looking into her eyes was like gazing into the eyes of her mother.

"You are the double of your Mummy!"

She smiled and laughed. "Yes, I know."

"No really," I persisted. "You are the image of her! It's the eyes, they're exactly the same. I guess people must tell you this all the time?"

With a shaken hand, she spoke into the microphone: "Yes, all the time... Always."

Leaning into the connection, I could sense the girl's nerves. Her lip quivered. Every time I brought a piece of information forward, she took a nervous gulp.

I wanted to ensure the upmost care and respect was taken to relay this message. I could tell that the mother passed tragically and lost her life when she very young. I endeavoured to gain more evidence from her and it was in that moment that I observed my spiritual symbol for suicide prevention. Suddenly I knew why the mother was struggling to express her emotions. Pressure was building in her mind. It was her way of telling me that she had endured emotional struggles and mental health issues when she was here in this life. The lady in spirit kept putting her hand up, as though in surrender. In that instant, she wanted me to know she was taking responsibility for her own passing.

I asked the girl in the audience: "Would you understand your mummy taking responsibility for her own passing?" Gently, I added: "I feel she may have taken her own life."

With tears in her eyes, she took a huge breath and said: "Yes, I understand."

The friend sitting next to her gripped her hand, holding on tight.

The mother expressed that when she was here in this life, she felt misunderstood. She felt like "the boy who cried wolf". She said she struggled to get help or support from professionals, but often felt like she was being sent round in circles. This only added to her pain and troubled mind.

I could see she had such a soft spot for her daughter. I didn't want upset her any further, but her mother needed to express her deep remorse. She was also keen to make sure no-one felt to blame; that she took full responsibility. She said: "there was nothing you could have done to change the outcome, so please stop beating yourself up."

Seeing the tears flood her little girl's face, her maternal instinct kicked in. Once again, I heard her say: "She's my baby girl!"

I then heard the name 'Raquel' or 'Rachel'.

"Who's the 'R' name?" I asked. "Raquel? Rachel?"

Stunned, the girl replied: "That's my sister!"

A gasp rippled through the room and people in the audience started whispering with excitement.

The mother began to show me memories of her life; how she was always on the go, full of stamina. A true mama-bear, she was always the one helping others, not only her immediate family, but everyone around her. She was so concerned about helping others that she neglected to look after herself. This incredible beauty, who was taken too soon, had such a big heart.

She wanted her daughter to know that, no matter how long she'd been gone, she was always with her. She had watched her grow into the most amazing person. She was brimming with pride for who she had become. Through all the heartache and pain she had endured, she had managed to create a life for herself.

There's no love like a mother's love.

Then I heard: "Lyn… Lynn, Linda."

"Would you understand a name like Lynn or Linda?"

The young girl in the audience began to sob, almost as though she had been winded. "That's her!" she gasped. "That's her name! That's my mummy!"

Her pretty brown eyes were filled with tears.

"Your mum just wanted to acknowledge that she's here," I reassured gently.

Lightening the atmosphere, I made a little joke. "She wants to let you know she's here and she means business!" There was no stopping her. She was determined to share as much evidence of her life and memories as she could.

Within my mind, I could see a Christmas tree, but it wasn't a modern Christmas tree. It actually reminded me of traditional Christmas trees when I was a kid.

"Your mummy is taking me to Christmas time. I can see a Christmas tree in my mind," I explained. "Is there a connection to the month of December for your family? Is there a birthday or anniversary in that month?"

Like a volcano of emotion, the girl erupted with tears. "She passed on Christmas Eve!" she gasped.

I could feel how hard it was for her to say that one sentence out loud. It was almost as though she was transported back to that very day.

Seeing her little girl getting so upset, the mother quickly rummaged through her memory box to show me something to make her smile.

In my left ear, and with such sass, she said: "Oh, tell your daddy: 'I'm watching'."

I couldn't spit that out to a room filled with a few hundred people! They would have thought I had conjured up Annabelle Doll!

I endeavoured to find out what she meant.

She showed me a ring, which was symbolic, showing me the union of two people.

It was like a light bulb moment!

"Your mummy is taking about your daddy," I explained. "You would know that your dad has maybe met someone now or has a new partner?"

"Yes," she nodded.

With her mother giggling in my ear, I ventured: "Well, yes… your mummy knows about this." I didn't know how I was going to have to spell it out. "She said: 'Tell your daddy: I'm watching'."

The crowd ignited with laughter.

Her daughter began smiling, wiping away her tears. Her mood was lifting thanks to her mother's mischievous jokes.

That's all she really wanted to see: a smile on her little girl's face. She had already suffered enough.

However, she couldn't have made the connection without being truthful. She began to talk about her memories and to speak about family she had met on the other side.

"Tell her I'm with Joanne!"

The daughter's mouth dropped open in shock. "That's her sister! She's with her sister!"

She talked about memories of family holidays. In my mind, there was a connection with a caravan.

Like a flash card, I could see a cottage. It was white with a thatched roof. It really reminded me of one I'd seen before. I remember going through old photographs with Patrick. I could clearly see the image of Patrick's grandfather. His garden had tones of hand painted garden ornaments of cottages.

I was a little confused as to why I was seeing an image of a cottage.

"I don't know why I'm seeing this…" I said aloud. "But... is there a connection to a cottage or an ornament of a cottage?"

"YES!" she replied, excitedly. "My daddy makes those!"

I was like: *WOW!! YES! Go spirit!*

Who knew that such a random simple symbol would have more meaning to it than I could ever have imagined.

It was amazing to see the evidence come through so strongly. It was also amazing that the evidence was such hugely personal things that only the family would have known. It's a perfect example of spirit using my own experiences and my own memories to help validate the spirit message.

By showing Patrick's Grandfather to me, I followed the energy thread to the cottage. It was a little random to me, but it had huge significance to the girl in the audience.

The incredible lady in spirit then said to me: "Send my love to Davey". Or maybe it was David; I couldn't quite make it out clearly.

I asked: "Who's Davey or David, please?"

With a huge smile on her face, she replied: "That's my

brother!"

"You have to pass your mum's love on to him, please. I feel she's all around the family, supporting and protecting you all. Please take her love, hold it close to your heart and pass it on wherever it's needed."

I then asked the audience to thank this brave young girl and give her all the support she deserves.

I spoke to the young woman and asked her permission before writing this chapter. Her name is Sinead and I'm truly grateful for her allowing me to share her story. Sinead had this to say:

"My Mummy was so beautiful in every way. Everyone always tells me she was the best-looking girl in Twinbrook. She was loved and adored by everyone who had the pleasure of meeting her. She was such an outgoing bubbly person. She would have done anything for anyone; that was just her nature. She had so much love to give and always put everyone before herself.

She always tried to please others. However, the down side of this is that she felt she wasn't good enough. Sadly, her negative thoughts took over. In her short life, she went through so much abuse, trauma and heartache. She tried to commit suicide on a number of occasions, but it was Christmas eve when she sadly left this earth. All she ever wanted was to be loved and supported.

My reading with Thomas gave me so much comfort; knowing my mummy is right here next to me, supporting me and loving me from the spiritual realm. Thomas explained everything about her in such detail.

From the moment my mummy passed away, I always felt I needed her with me. I was so lost without her. There were many experiences where I just felt I needed my mummy's kisses and cuddles. Knowing I haven't lost her was the best piece of information I could have gotten.

Thank you so much Thomas for reminding me my mummy has never left my side and she will always be my number one supporter no matter where she is."

Linda
1972 - 2009

15

When Thomas Met Sammi

During the course of working on the Derek page, my online profile was growing considerably. Although fantastic, I was starting to feel overwhelmed by the increased demand. Enquiries were coming in thick and fast from my website and business page. I really struggled to get my head around the technical side of things. Sure, I knew how to post a selfie, but that wasn't going to be enough to grow my business page.

Then, along came Samantha, or "our Sammi", as she's now called.

It was no secret that I struggled with social media. I could do the basics, but the moment something was updated or changed, I was completely lost. This might seem strange – a young person who's not up to speed on social media. However, while everyone else was tweeting and Instagramming in their twenties, I was laid up in a bed recovering. I just had no interest in it.

For me, social media was merely a line of communication. My business page was simply a place for people to find information about me; what I offered or what venues I'd be attending next. My website served its purpose, but it lacked a professional look and business aesthetic.

From time to time, I posted questions in the Derek

group chat. Samantha was always so quick to respond and so kind with her replies. She didn't have to be so friendly, as most of the time my posts were completely unrelated to the Derek Project, but she went out of her way to reply with a nice comment.

Instantly, I felt that connection and was drawn to her.

Our first one-to-one interaction was the result of me being a technophobe yet again. Rather than appear completely hopeless in the group chat, I sent her a private message.

I had reached a remarkable milestone with my followers on Facebook. As a result, they awarded me with the subscription feature. This enabled me to monetise my content. I had the option to offer subscription services on my page with exclusive content, by invite only.

I was absolutely buzzing!

I couldn't believe how fast my little page had grown! However, I felt completely lost. I had no idea how to use it, never mind set it up.

I spoke with Samantha and she managed to talk me through it, which was an absolute godsend. It was during our conversation that I discovered Samantha actually worked as a social media manager. She had worked with quite a few large brands online. Although based in West midlands, she worked remotely, like me.

Our twenty minute call turned into an hour. We hit it off instantly. I explained some of the things I wanted to do and she explained how she could help. It just unfolded from there.

So, I now had a social media manager who was working across all my platforms. This allowed me to focus on readings and livestreams. Samantha took care of the inbox, the graphics and the daily tuning of each page, ensuring each comment was answered and each email was responded to.

It was strange; we became so in sync with each other. I'd be thinking of a certain idea and I'd receive a message from her saying: "What do you think of this?"

We worked well together from the start. It was as if we had known each other all our lives. I know, without a shadow of a doubt, my page wouldn't have taken off so well if it wasn't for her.

Yes, I was the medium and I did the readings, but I wouldn't have been able to focus on that if she hadn't relieved me of all the other stuff. Up until that point, I had done it all myself. I had built the page and I had secured a platform with one of the leading psychic services. I had done well, but with the two of us working side by side, the potential was limitless.

We would often talk on the phone for hours, going over potential ideas and plans. It just made sense. I was so grateful for everything. I didn't feel silly asking what things meant. There was no barrier. It was a clear path of communication and I could be fully involved in running my business. It felt like I really had the chance to expand.

Whilst working together every day, on endless zoom calls and meetings, we truly became best friends. Samantha's birthday was coming up in the October of that year. I decided I was going to surprise her. Although we had become friends and spoke every day, we had yet to actually meet. We would often say, "I must make the trip across".

On this particular morning, I woke up feeling energised. Work was making me happy. I was tired at times, but it was worth it. In the blink of an eye, I decided that rather than send her a birthday card, I would fly to Burton and surprise her!

This was as much of a surprise to Patrick as it was to Chris (Samantha's husband). With a mere 24hrs until her birthday, they must have thought I had a few screws loose!

But I was adamant – I was going to fly over.

The next morning, Patrick and I jumped on the early flight and made our way to Birmingham. Chris and Lilly (Sammi's daughter) collected us from the airport. The mission had begun!

The plan was to get Wyatt to Sammi's headquarters before she returned from her son's rugby game.

We sneaked around to the back door so her door bell camera wouldn't catch us. Patrick and I hid in the kitchen and I felt giddy with excitement. I heard her pull up and park the car. Her keys jangled as the door creaked open. We remained hidden for a few moments as she walked into the kitchen.

"SURPRISE!" I yelled.

We raced to each other, the two of us beginning to cry

like sobbing fools. It felt like we had known each other our whole life. There was no awkwardness; just sheer excitement and hugs of embrace.

Even though I had planned the surprise, it felt like something out of "Long Lost family". I half-expected Davina McCall to pop her head around the corner at any moment!

It was a truly magical meeting, it really felt like I was welcoming a relative home after a long trip.

We would always laugh and say that our mums planned for us to meet. They had a hand in it, making sure that our paths would cross.

You see, as well as her talent and amazing skill, Samantha also has an incredible heart. We share so many similar experiences. Samantha, like me, lost her mum after caring for her for a number of years. She dedicated her life to her mother, ensuring she had everything she needed. It was during the most difficult period of her mother's life, when she battled an aggressive illness. Samantha chose to be there day after day, not out of duty or guilt or sympathy, but because it was in her heart and soul to care for her mother.

Samantha was just seven years old when her mum was diagnosed with cancer. A truly heart-breaking event for any family, never mind a young child. It was from around the age of eight that she began to help her mother with small tasks. I can picture this little girl, eagerly coming to the rescue of her mother. This was the one person she adored and they had that unbreakable bond.

Even at such a young age, Samantha felt the change at home. We all know how smart children can be. They sense things immediately, even if they're not sure what's going on. Due to Samantha's innocence and purity, she may not have known all the details of what her mother had to endure, but she knew she wanted to be there. She helped with little things like washing and dressing, aiding her mum in the everyday tasks she struggled with. This incredible little girl was smiling at her mum, reassuring her that she was there as long as she needed her.

As she got older, she started administrating her mum's medication, making sure it was prepared and scheduled. Her story was so familiar to my own. The undisputed need and want to help was like a natural reflex - something you just do. No questions, you just help.

It amazed me how two complete strangers, with an ocean between them, experienced such a similar childhood. It really touched my heart and gave me such a sense of connection with her.

Her mother batted cancer for a number of years with many ups and downs. From appointments to hospital trips, it became Samantha's role to be there, but it was a natural instinctive role. As she grew older and became an adult herself, she administered injections to her mum, trying to relieve her dad of some of the pressure.

It's difficult to explain, but when you love someone and their outcome looks bleak, it seems like you move faster. You live harder. Moments that most people take for granted become like gold to you. You never know when that hourglass will finally be empty and your time with that person will be done. It's a cruel side of life that many of us have experienced. Samantha and I were not exempt.

Samantha's mother was also a nurse and a trained midwife. It was when she finished her training that she received her cancer diagnosis. Her mum was her biggest role model, just like my mother was to me. She aspired to be just like her; from her kind heart to her compassion to others. She looked at her and saw the goodness that is lacking in today's world.

Instinctively, she always felt she wanted to care for people; to help them in their hour of need. Nursing was a way for her to show up and honour those who had helped her mother through the years. She felt she owed them for saving her mum's life and allowing them to have more years together before her passing. She never took small acts of kindness for granted. Some of the health professionals had greeted her mother with a friendly smile and held her hand. She felt that if she could give a glimmer of that to someone else, that was all that mattered.

Samantha started her nursing studies when she was just eighteen years old. Unexpectedly, around fifteen months into her training, she had to undergo a surgical operation and had her first hospital admission. Following an intense recovery, she was determined to move forward.

About seventeen months later, she found out she had been blessed. She was pregnant; a beautiful, talented little girl who we now know as Lilly-Mae.

Being an expectant mother, she did what most mothers do. She sacrificed her ambitions and dreams of becoming a nurse. The subject was shelved. She needed to find a full-time job to support her unborn child. The responsibility to her family and their security came first.

After starting her family and building a home with her husband, Samantha's health took a turn for the worst in 2014. She was diagnosed with meningitis and it was a miracle she survived. She had the fight of her life, but she wouldn't give up. Incredibly, she managed to overcome this horrific event. However, it did leave her with lasting and chronic health conditions and her way of life was changed forever.

With our stories being so close, I have no doubt in my mind that we were destined to meet and work together. I'm forever grateful we did. It showed me I wasn't alone. Of course, I know the things I went through didn't just happen to me; it happens to lots of people around the world every day. However, I felt a real sense of belonging with Samantha and now I know why. We had walked such a similar path, but simply in a different land and different style of shoe. We had overcome and didn't give in.

As our business dynamic was built upon the foundation of friendship, it made everything flow so well. We would work on strategies for hours and hours. She was so gifted; understanding everything from promotion to social media algorithms (all self-taught, may I add). It was a perfect match. I respected the fact that her moral compass was so strong. This wasn't a money-making machine spitting out an invoice every month; it was hours that she dedicated each week.

She helped me to launch a brand-new website. However, after hearing some of the figures we had been quoted, I remember she said: "No! I think not!" She knew how things worked and wasn't about to let me be taken advantage of. With her husband, Chris, they set out a plan and designed a brand-new website which incorporated a booking system that would work internationally. It helped me to fully form my brand online. It may seem silly, but I desperately wanted to be taken seriously. I had worked hard, done the clubs and bars and had a mediocre website; now I wanted my business to have its own identity and stand out.

With the help from Samantha and Chris, we managed to transfer all the ideas in my mind physically onto the website. People could interact with it and find out a little more about me. It allowed my additional services to have their own platform and placement. I had started with a text message platform; a service provided by Allstar. This allowed clients to receive a reading directly to their mobile phone. We later added in another service; launching the psychic chat. It meant that if someone wasn't able to get a personal reading with me, I had a full team of psychics on board from all over the world. It opened up my audience even more. I could log in and do many of the text messages myself. With the launch of the psychic chat on my site, it meant that it was worldwide. No matter where the person was in the world or their currency, they could have a dedicated reading just for them. It meant that a lot of my international clients who might not have been able to book directly with me or were waiting on availability, could use it. It was perfect.

I know when something is right. I've learned to pay attention to the signs. Sammi was my next sign from above. Although she would never admit how hard she works, she does it all while running a home and raising a family. She is a loving wife and mother while running her own business. This isn't just any woman; this is a warrior - someone who also battles with her own health conditions. I feel very lucky to have her.

I'm grateful to be surrounded by good people who genuinely wish me well and actively campaign for my success; people who search for opportunities for me and for my brand. These special people have become part of my life and added to it. I'll never forget the people who have helped me along the way, making so much of what I do possible by working together. They don't simply use the same template for each client. In my eyes, Samantha's help and guidance is invaluable.

We make a great team and work extremely hard. The tech and social media side of my work is just one component, but it helps everything else to thrive. It's something I feel helps me reach more people. Having that accessibility in the modern world is so important. Everyone wants everything on tap; to have it all at our fingertips. It's vital to have it there; to cater to my audience and keep things fresh. With Sammi by my side, I can achieve that.

16

A Boat and A Plane

During my spiritual journey, I've found so many paths of inspiration and upliftment. Compared to my younger self who wasn't keen on school life, I've become very studious. I love to learn, meet people and experience new things. I'm so grateful my work has allowed me to travel up and down the country. By visiting different towns and cities, I've gained a little more following and got to meet so many people.

For the first few years, my work was primarily based in Northern Ireland. As well as Belfast, I visited surrounding areas such as Lisburn, Banbridge, Antrim, Carrickfergus and Larne. It was such an incredibly humbling feeling when people came to my events.

I slowly worked my way down south, attending events and psychic fairs, doing a little leg work to get my name out there. I spent most weekends in the car, traveling to the next town which was sometimes three or four hours away. Thankfully, Patrick was with me. He's the driver and takes me everywhere. I started working at a variety of hotels in towns like Sligo, Donegal, Longford and Carrick. Towns, I must admit, I would never have been able to visit if it wasn't for my work. However, I didn't get to see much of each town. We drove straight to the venue and the following morning, we'd be up at the crack of dawn, on the road again at 6am!

It was extremely busy, but it was also so exciting to visit somewhere new. On our car journeys, I would gaze out the window, soaking in the true beauty this country has to offer. The roads were often empty because it was so early. We'd get to see the sun slowly rise over the most beautiful scenic routes.

Our sat nav took us through some interesting detours at times. I think the car was more pissed off than us to be up early! We got lost on our travels a few times, but it always made us laugh. How on earth could we get lost when we were following a bloody sat nav? It seemed like our sat nav was a truly troubled child, sending us all over the place on purpose! It was all part of the fun of it. To this day, we still look back at some of the places we ended up and laugh about it.

We became familiar with each town after visiting a few times each year. I loved the peacefulness of the drive. I found it so therapeutic. I would sit and gaze out the window, watching the sky and staring at the clouds. I would set my intention, manifesting a good day with amazing clients. I loved these events, as much as it took a lot out of me. I'd end up in a lot of pain from having read all day, sometimes for up to fifteen clients a day. However, I felt it was worth it. The most clients I've seen in one setting was at a psychic fair in Bundoran. I did a total of twenty-two readings. I can assure you, I bloody slept on that car ride home! I pretty much slipped into a coma! However, I knew my reasons for doing it. I wasn't intentionally working myself into the ground, I was just trying to keep everything going. Being self-employed can be a little daunting at the beginning. However, I began to get regular clients who kept returning and brought family and friends with them. It all started to blossom from there. Travelling to other towns helped me to get my name out there, so it was worth it. The aches and pains, as well as the long journeys, was building to something bigger.

Something bigger than me.

As I've mentioned in previous chapters, my online following had grown enormously. This little kid from Belfast had clients in America, Dubai and Canada. It was an incredible feeling. I also had a following in England and Scotland. I'd often receive messages asking me when I'd be coming over. It was so lovely to read, but I wasn't sure if it was possible. Truthfully, would I have enough demand? That was me doubting myself again, allowing my inner critic to drag me down.

So, I made the decision: I was going to England!

I was going to put my big boy pants on and take the leap.

I put a few feelers out and got a great response. I wasn't as well-known in England as I was at home, so I wasn't expecting hundreds of people, but it was lovely to know that people wanted to connect. In an effort to dip my toe in the water, I made preparations to visit a few small venues across England and Scotland.

Our travels continued, this time not just by car, but often by boat, ferry or plane, depending on the location. I was so pleased to see it do well; better than I imagined! I attended a variety of spiritual functions and psychic fairs to get my name out there. It was a little bit like starting all over again.

I worried that if people weren't familiar with me, they wouldn't understand how I worked. Would it be productive? Each client is unique. Each audience, in each town, is completely different. It didn't matter if I was in Belfast or Kent; no event would be the same.

There are different cultures and different ways of saying things, so I always try to cater to the crowd and take my lead from them. I won't lie, it was daunting. Would people show up? However, like anything new, you learn as you go. In this line of work, you learn on the job!

It was during this time that I met so many incredible mediums. We planned to work together on workshops and events. It was truly inspiring to feel welcomed by them. Their willingness to work together was so humbling and really pushed me forward. I couldn't help but think that this wasn't meant to be me! I wasn't supposed to reach my goals and win. Over the course of my life, I had been poked, belittled and mistreated, but here I was, achieving something in my own right.

For fear of sounding like an inflated ego head, I was so proud of what I had achieved. It was in the same year that I was nominated for the 'Psychic medium award' with 'Soul & Spirit Magazine'. Previous winners in this category were huge names like: Derek Acorah, Kyle Gray and Sally Morgan. I couldn't believe it! I thought: "How did my name end up on that bloody list?"

The awards were voted by the public. I was overwhelmed with the love and felt extremely honoured to even get a mention. I managed to make to the final stages of the awards. My followers, family and friends were voting like crazy!

I was listed as a finalist and placed in the top five in the UK! I couldn't believe it! Talk about a 'pinch -me' moment!

I didn't win but I didn't need to. Knowing that people had taken the time to vote for me meant so much to me. I was ecstatic.

I couldn't help but feel vindicated. For years, I had felt like a misfit; as though I didn't belong. Now, my name was in ink and forever on record. It was a feeling I could never have imagined.

It let me know that my hard work was finally paying off. It was carving a path for me to stand shoulder-to-shoulder with others in the industry. At times, this industry can seem overly saturated and a little competitive. That's just not my personality. Of course, I want nothing more than to be recognised for doing well, but I would never trample on other people's toes to get there. I feel there's room for everyone. I love to see others succeed. I have a little motto: "Look after yourself, look after each other and remember to be kind." Protect and love yourself. Don't be afraid to reach out and help others. If you can be anything in this life, be kind. We don't always have to agree with each other or share the same views, but there's no reason to hate or disrespect someone just because you disagree with them.

As things began to blossom, I started to receive so many opportunities to partner with bigger brands. I even managed to secure a branding deal with 'Feel UK'. This was a huge win for me. I had already become a brand ambassador for the 'Feel Multivitamin brand'; the face of whom was Cheryl Cole! I couldn't believe my luck. The brand genuinely resonated with me as, like many others, my mental health had suffered for a long time. To be part of something helpful and completely natural, felt incredibly fitting. It also allowed me to connect with people on a human level; to show that I'm more than just a medium.

I'm incredibly selective about what I endorse or recommend. I feel that my fans trust my word, so if I haven't tested or tried it, I won't promote it. If I don't believe in something, I won't try to make someone else believe in it.

However, for this brand, it felt like the stars had aligned. It just made sense. It was a very proud moment, I must say. It was beautiful to hear the feedback from fans who had tried it. It made me feel like I had done something good and was able to help.

Steadily, I started gaining some small press articles. At first, it was an odd sensation to see myself in a magazine. However, it was also a little victory; people were taking an interest.

I think my biggest leap was when I went to America.

Thanks to my work, I had made so many friends and connections in the States, but more importantly, I met (who I now call) my American Mom. We connected by chance during one of my live streams. Instantly, we clicked. It was as though we had known each other our whole life.

What was supposed to be a short trip to NYC for Patrick's birthday turned into a little family reunion. We made plans to extend our trip to America and arranged to fly to North Carolina. It was as if I had arrived home. I believe people come into your life for a reason and I truly believe we were destined to meet. In my eyes, we met by fate. It was luck. We were oceans apart, but felt like family. It's a bond I'll be forever grateful for.

Peggy stumbled across me by accident one night. It was when I was conducting a live event on the Derek Acorah page. I worked as I always did; simply looking for a comment or name that I felt drawn to. I was drawn to her comment. With a single breath, an incredible force of energy from spirit came forward. It was the spirit of Peggy's husband. It was as though he had been fighting to reach her. From the moment I said her name out loud, he was right next to me. Suddenly, I could hear the words: "Papa!"

I relayed that I had been joined by the presence of a lovely man; that he was standing right next to me saying the words: "Papa!"

I began to have racing thoughts and memories from this gentleman. I could feel his warm and caring nature, but was overwhelmed by his sheer devotion to his wife. I knew it was her husband because of the placement of his soul. He also brought my attention to my ring finger to confirm this.

It was like I was about to burst. He had so much love. He wanted to say everything at once. He started giving evidence of his life and memories. He felt like a strong, respectable man. I could see him in a shirt and tie. I felt he had been a business man or an executive of some description. He gave me signs and symbols about having some sort of brain injury. Peggy confirmed that he had passed due to a form of brain cancer.

I kept hearing an echo in my mind. I thought it was the word 'brain'. What I was actually hearing was the name 'Brian' - Peggy's husband's name.

He poured his heart out about how he passed. He disclosed incredibly personal memories of their life together. It was almost like a race. He had been longing to speak with her and wanted to tell her everything at once; how much he loved her. He mentioned his daughter's name. I kept seeing my own name in lights. "Wyatt" was glowing in my mind. I didn't know at the time, but I later discovered that their grandson was actually called 'Wyatt'. I couldn't believe it.

He wanted her to know that he was looking after her and the kids; that he had found his peace on the other side. He thanked her for the care she had given him and wanted her to know how grateful he was; that even towards the end of his life, he knew he was never alone. He knew he was loved by his incredible family.

I couldn't help thinking how amazing it is; that love has no boundaries, no limits from this life to the next.

From that brave, but beautiful connection with Peggy, our worlds were forever connected. We spoke almost every day. When the time came to actually meet, it felt so special to make memories together and share cherished moments. For all intents and purposes, we became family. No blood line was needed. This all happened as a result of my work with spirit. It was also due to sheer chance; that we stumbled across each other's paths online. To me, that truly is a powerful moment.

I returned stateside a few months later for an extended trip during the summer. I researched the local spiritual scene and was excited to do some readings. It allowed me to see the potential of what could be. Knowing I had the safety net of a family base was a blessing I will be forever grateful for. Now that I've been able to gauge interest and to get a taste for a potential following, I feel America is definitely somewhere I see myself working. It might be on the cards in the future (pardon the pun)!

My work can be described as a travelling road show; moving around on a bus, boat or plane. Another hotel, another airport. But that's what life is about; experiencing it all and doing everything you can! Living each and every moment. Tomorrow isn't always promised so live like it's your last day on earth. Don't waste time worrying about what could be or what might have been. Spend your time living. Never live in the silence. Find a purpose and pursue it relentlessly, passionately and loudly!

Be persistent and win in any way you can. If I had surrendered to all the obstacles, pain and troubled paths life has thrown in my direction, I wouldn't have the many blessings I have today.

I've been able to do readings for several high-profile celebrities and reality TV stars on a regular basis. I'm confident to say: I'm far from done yet! I didn't know my own power and strength, but step-by-step, I found my way. You can too. Regardless of how long it takes you to reach your destination, keep going.

17

"What The Future Holds"

It's no surprise that the question I'm often asked is: "What's next?"

"What does the future hold? What do you see? Do you have any predictions?"

It's never meant in a prying manner, but I often joke: "I haven't decided what I'm having for dinner yet, never mind predicting the future of mankind."

However, the question of premonitions is a topic I find very intriguing.

Who could have predicted some of the things the world has experienced so far?

For me, the term 'fortune teller' isn't something I really believe in or associate myself with.

It's my belief that I can see the potential in someone's future, however as we all know, life has many peaks and troughs. Alternative pathways and choices lay before us all.

One single choice or an act of God may change our entire direction. Afterall, life is about having free-will. We have the power to decide what's best for us.

As a child, our parents and guardians decide what's best for us. When we start school and work our way through education, it's our teachers that show us the way. When we embark into the world of employment, our boss will decide the general structure of our working day.

Life is a series of choices and for that reason, the outcome can change dramatically. If a 'fortune teller' foresees something, the individual can decide to change course!

The power is within us. If we have reached a point in our life where we make our own choices, then we have taken back control and placed ourselves firmly in the driving seat. The potential for our life is beyond measure and without limits. That doesn't mean there won't be obstacles along the way, however it does mean you have a choice. When something is blocking your path, you can let it tear you down or alternatively, you can build your own road and create your own opportunities.

If we view something we've achieved as 'luck' or chance, then we're failing to acknowledge our own intelligence and input. If we hadn't made the first step or took the subsequent action, we would never have reached the next level.

We will never learn if we don't take that leap. It's like learning to ride a bike. We might have the help of stabilisers in the beginning, but once they come off, we're able to go it alone. We're out there in the big, wide world.

Life doesn't have to be a compromise. You should never sacrifice your voice, your happiness or your contentment. You don't have to fit the mould or abide by any rulebook.

So many people become a slave to life. They wake up one day and realise that their life is one big compromise. They're stuck in a job they hate or a toxic relationship.

Stop. Ask yourself: "What do I want? What do I see in the years ahead?"

Don't be afraid to be yourself. Wouldn't it be terrible if we were all the same?

Don't surrender. Don't change. Of course, we all change as life moves on; we all evolve and grow, but don't change the essence of who you are. Never lose who you are. In the blur of life's light, that is where you find you!

One day we will be buried in our graves or our ashes will be scattered across the earth. Life is too short! Find a dream, find love, find happiness. Don't settle for less than you deserve. If you want to know what your future holds, start with your actions today.

The future is now. The future is ours to create.

We get to predict our life; from our actions or words. Each of these things play a vital part in what our future holds. I know many people are living in extremely uncertain times, but don't allow fear to stop you trying something new.

Don't let the fear of trying to reach a dream stop you in your tracks.

I have a dream and so do you.

Chase it. Go for gold. Make it happen!

No-one knows what tomorrow may bring. We can plan, we can schedule, we can opt in, we can opt out. But one thing is sure: if we're fortunate enough to open our eyes and take a breath, we're here. We made it. We're alive.

It really is a blessing. Don't waste your life. Don't waste your time trying to impress people. Don't waste your energy focusing on conflict that will only drain your heart and mind.

This is your NOW.

Live in the moment.

The power of our spirit is what guides us and fuels our destiny. Start with a small seed. Nurturing and caring for yourself will blossom in something beautiful. A modern-day mystic story.

If it's love you seek, have love in your heart.

If it's a home you seek, lay down your roots.

If it's confidence or self-worth you're after, add value to your name. Say it out loud with conviction.

The key to the future is merely at our fingertips. It's the power of our thoughts. Our thinking leads to our emotions. We hold the access code to the treasure box of life.

First, we must go within.

Search until you find the answers.

And then search some more.

Life is a cycle. It will continue long after we're done. Everywhere you look, there are magical signs from our angels. They are trying, with all their will, to direct us to our place in the world.

I have seen a lot and heard a lot. Yes, I'm only young and I'm in no way trying to preach, but if we could only see what's right in front of us. If only we could realise the magnitude of what we could bring to the table of life. How wonderful is it to think that some of the best moments of our lives haven't happened yet!

Yes, I'm aware that sometimes life can pass you by. You're making plans, busy and preoccupied. Suddenly, it hits you, that your life has been taken out of your hands. You feel out of control and your choice in the matter is non-existent.

But it's during these times that we get to create the future. We can write our next chapter.

We can either choose to sink and allow life to drown us. Or we can choose to build a raft and swim.

When faced with deep emotional loss and trauma, the voice inside might be one of a negative inner critic. We need to try to listen to the voice of spirit, telling us we will overcome, that we will be okay.

When met with what seems like an unbeatable obstacle, it's okay to feel like your only option is to run far away. However, you can choose to change the direction. You may have to run; you might even learn to fly. Eventually you may learn to walk in your own truth.

The gift of spirit is endless. It will impact each of our lives, dependent on how much or how little as we allow it. It is up to us to invite it in.

When I think about my own path and what may lie ahead, I'm filled with excitement! I have so many dreams and goals. I'm excited about the future and seeing what's in store.

When we relinquish control, it removes our fears. When we surrender to the universe and to the Angels, it has the power to influence and direct us. It gives us the freedom to receive blessings of flexibility and spontaneity. A human addiction is control. It's an ego-based belief that if we follow the rules, things will work out the way we want them to. The element of control is really just our fear of being venerable.

Today I ask you to let go. Release the chains that may hold you back. Let go, live a little. We only get one go at this rodeo of life. Make it count.

My life mission is clear to me. My role is to be an advocate for those who are no longer with us. To share their love, their life and their memories. To be *The Angels' Advocate* is to bring peace and comfort. To be there for someone on their darkest day, even when they feel like they might want to give up, when they feel there's no hope.

It's about casting out the shadows of grief and sadness, about bringing in the light. It's about an act of kindness, simply helping each other. It's not a 'hand out'; it's a 'hand up'. It's an opportunity to lean on someone else, just for a moment. It's a chance to remove the anchor that holds you stuck in a cycle of pain.

I will continue with my work because there's still so much to do. This is not about saving souls, but saving the minds of those who are still here. Healing hearts.

Each day I tell myself that I will go anywhere, as long as it's forward. I'm excited about what's next. I've been working on so many amazing things that I could burst with excitement, but that's yet to be revealed!

As I think of all the incredible people who have pioneered for Spirituality and Spiritualism, I hope I can leave a small imprint behind. Something that says "I was here. I tried and I lived." Something that shows people that life can be beautiful. We don't need to give up when things get hard. We are worth it. Maya Angelou said: "If you're going to live, leave a legacy. Make a mark on the world that can't be erased."

I view my life as an incredible movie that I get to direct. I have the opportunity to create my own happy ending. I have everything I need in life. I don't seek material things or crave the coin. I have managed to mend my broken faith. I look at what life has to offer and I always remind myself how far I've come.

When all that's left are these hands, I'll face goodbye, unafraid. I'm safe in my mind of where the next chapter will take me. There are so many things in this life that tears won't take away. That's okay. Life is not a score board or a test.

In this lifetime I intend to live freely, safely and happily.

By doing readings and live shows, I get to leave a small piece of me. I was here. I am here. I look towards the future. I believe I'll give it my all.

My story has just begun and the rest is waiting for me. It's simply unwritten. I see the pages of my future. They remain blank, ready to have the words of my life to come alive, to be splashed across them with heart and conviction. That excitement is so dear to me. To be aware. To be awake. To know that the realms of this life and the next lay before me. It's a freeing feeling. It fills me with hope and purpose. I look forward to what's next.

So, in response to the question: "What's next?" – No, this book does not contain prophecies of what's to come in the next thirty years. But ask yourself this: would you really want to know?

Isn't it more meaningful to live in the here and now?

Who wants to spend this precious life waiting on something to happen? Who wants their life to turn up like a pre-packaged ready meal, not having any input to the contents!

It's much better to welcome the changes ahead and live.

I don't plan to change the world but simply change the little piece I'm in. For me, that's enough. That's more than enough.

When you find yourself thinking about the future, I invite you to allow your mind to be flooded with hopes and dreams, not with dreaded fear of the unknown.

If I've learned anything in life, it's this: whatever's meant to be, will be. There's no doubt in my mind that I'm here today, because I've seen the darkness and I choose the light. I refused to give up. I took the plunge. I dive deep within my spirit and my soul.

Each of us have free will. Our minds have the ability to move mountains. Harness that power. It will serve you well. It will create beautiful things for you and memories that last a lifetime.

My hopes for the future are so much more than a prediction. My hopes are for this world we live in. I pray we will all come together and have a better understanding of each other. I hope for a loving and united nation. I pray for peace. For hearts that are filled with hatred, I pray they may find peace, empathy and a new way of living.

I pray for people stuck in lands of war and destruction. I pray they will find the freedom they so rightfully deserve. I pray that we gain knowledge and wisdom to help those suffering from illness and pain. I pray we see true peace. I have hope; in my eyes, that's a start. If I can create a small pocket of hope with each person I encounter, it can slowly build to something truly wonderful.

I wanted to share a few short lyrics with you. It's from one of my favourite songs by Jim Brickman & Lady A.

It's called "Never Alone". I find the words so comforting and powerful. It really has a beautiful message. It resonates with me. I hope you see the meaning and power behind this as much asIi do.

Never Alone

"May the angels protect you, trouble neglect you
And heaven accept you when it's time to go home
May you always have plenty, the glass never empty
And know in your belly, you're never alone
May your tears come from laughing,
you find friends worth having
As every year passes, they mean more than gold
May you win and stay humble, smile more than grumble
And know when you stumble, you're never alone."

My name is Thomas Wyatt. I am an Angelologist and Spiritual Medium. This is my journey to find myself, to find the spirit within me and within each of us. I was a boy from a broken home living on the poverty line with no real chance of success. As I look back at my life, I'm proud! Look what I have done in this life, with this body, this mind and this spirit. That is more than any award or trophy could ever grant me. I believe if God's before you, who can be against you? In my eyes, that is the essence of what I call being: *The Angels' Advocate.*

THE END

Final Thoughts

Wyatt's World

Many people view the death of a loved one as the end. They believe that life subsequently stops in that moment and that's it! Its over!

This is not true and I hope that by reading this book, you might be able to see that life will continue and can be great again.

For me, mediumship should not be viewed as a fearful experience. Rather, it is a celebration of the life and memories of loved ones passed.

If I can plant a tiny seed of hope in your mind, then my mission is complete.

If this book inspires, then it fills my heart with overwhelming love and joy!

About the Author

Thomas is currently based in Northern Ireland although his work takes him to many different parts of the world. Through his teachings and live shows, he continues to connect with many people. His passion and heart remain at the forefront of his work. He hopes that his ability will continue to grow as he helps those who cross his path.

Thomas's goal is to connect, help and heal the hearts of those who have suffered the loss of a loved one. His deep compassion and determination to evidential mediumship shines through.

You can stay connected with Thomas on his website and social medium platforms:

Facebook @ThomasWyattOfficial

Instagram @the_thomaswyatt

TikTok @thomaswyattmedium

Website @ www.thomaswyattmedium.co.uk

Available worldwide from Amazon

Michael Terence Publishing

www.mtp.agency

www.facebook.com/mtp.agency

@mtp_agency

Printed in Great Britain
by Amazon

37854391R00116